LE CANAPÉ COULEUR DE FEU

LA BELLE SANS CHEMISE

LE LIVRE DU BOUDOIR

LE CANAPÉ COULEUR DE FEU

Histoire galante

par FOUGERET DE MONTBRON

Suivie de

LA BELLE SANS CHEMISE

ou ÈVE RESSUSCITÉE

INTRODUCTION PAR GUILLAUME APPOLLINAIRE

SE VEND A PARIS
A LA BIBLIOTHÈQUE DES CURIEUX
4, RUE DE FURSTENBERG, 4
(Derrière l'Abbaye de St-Germain-des-Prés)
1928

INTRODUCTION

Le Canapé couleur de feu, par Fougeret de Montbron, est une des nombreuses productions qui, avec *Le Sopha*, de Crébillon le fils, forment cette littérature *à transformations* par quoi se manifesta avant tout l'influence des contes orientaux sur les auteurs européens. En Italie, le théâtre fiabesque de Gozzi en est l'illustration la plus singulière et la mieux réussie. En Angleterre, le génie de Shakespeare l'avait inventée et ses comédies n'ont pas attendu que l'Orient vînt rappeler à l'Occident qu'au temps du paganisme les métamorphoses n'étaient point niées.

Il est vrai qu'en France, la tradition de la

littérature merveilleuse ne s'était point perdue, et Perrault avait su remettre en honneur les contes de fées.

Le Canapé couleur de feu ressortit à la fois à la littérature merveilleuse et à la littérature galante ; l'histoire qui y est rapportée a encore l'avantage de ne point avoir été, comme *Le Sopha*, habillée à l'orientale. C'est un conte de fées, mais un conte français, et il est de son époque, sur les mœurs de laquelle il nous renseigne.

L'histoire est jolie : Un chevalier, n'ayant pu satisfaire aux désirs de la laide fée Crapaudine, elle le métamorphose en canapé ; il ne doit reprendre sa forme première que lorsque pareille mésaventure aura lieu sur lui. Cela ne manque point d'arriver lors de la noce d'un vieux Procureur.

Le Canapé couleur de feu est de Fougeret de Montbron, et c'est seulement par erreur qu'on en a fait une réédition où il est attribué à Gresset.

Il y en a plusieurs éditions : Amsterdam 1714, in-12 ; Lyon, 1717, in-4° ; La Haye, 1737, in-12 ; Amsterdam, 1741-1742 ; La Haye, s. d. ; Londres, 1742 ; 1745, in-12 ; Paris, à l'Hôtel de Soissons, 1775. Il a été inséré en 1733 et en

1734 dans les deux éditions du volume in-8 intitulé *Les dons des enfants de Latone.*

Les éditions les plus répandues dans le commerce sont celles de Bruxelles 1867 (Vital-Puissant), in-8 de 54 pages, tiré à 312 exemplaires, et une autre qui vient également de Bruxelles, 1887. Cette dernière édition a été tirée à 610 exemplaires. En voici la description :

LE CANAPÉ COULEUR DE FEU, *histoire galante, par Fougeret de Montbron* [marque : satyre trayant une chèvre]. *A Paris, rue Saint-Honoré ou à l'Hôtel Soissons,* MDCCCLXXVII, in-8 de 54 pages, couverture imprimée.

Nous avons mentionné *Le Sopha*, de Crébillon le fils. Il est juste d'ajouter que cet ouvrage est avant tout une imitation du *Canapé couleur de feu*, et sans compter ses propres mérites littéraires, le prototype d'un roman aussi célèbre mérite qu'on le réimprime.

G. A.

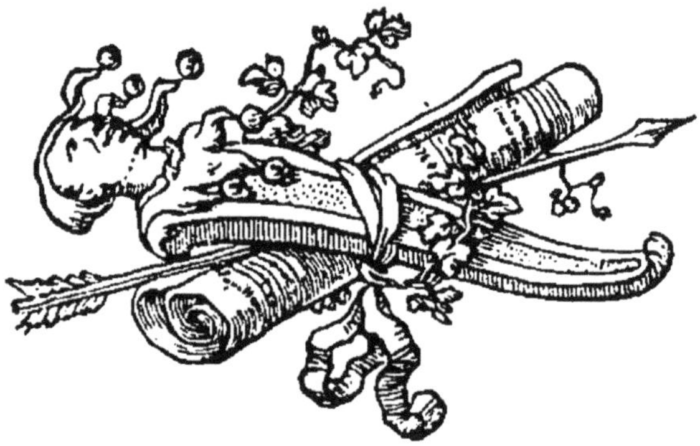

LE CANAPÉ COULEUR DE FEU

CHAPITRE PREMIER

De la vergogne du Procureur et le changement merveilleux du Canapé.

Un procureur, qui avait consumé toute sa jeunesse à ruiner de pauvres plaideurs, voulant, comme l'on dit, faire une fin, résolut de consacrer à l'hymen quelques années qui lui restaient à vivre. Il jeta, pour cet effet, les yeux sur la veuve d'un de ses confrères : elle était jeune et de figure à faire naître des désirs aux plus insensibles. Aussi ses charmes donnèrent-ils si vivement dans la visière de maître Crapignan que, pour s'épargner la peine de soupirer en vain, il fut lui offrir sa vieille personne et, par-dessus le marché, cinquante mille écus, qui étaient le reste de ses petites épargnes. La dame comptant, comme de raison, enterrer bientôt celui-ci avec l'autre, n'hésita point à lui donner la main. On célébra les noces ; quant à la cérémonie et au banquet, tout alla pour le mieux. Tandis que les parents et amis des conjoints tintamarraient à la manière de gens qui ne se sont jamais vus et qui s'entretiennent avec cordialité d'un bout de la chambre à l'autre, le nouveau couple s'éclipsa et fut se retrancher dans le cabinet de toilette préparé pour Madame.

La porte soigneusement barricadée et la portière par dessus, M. de la Chicane, crachant d'avance le coton, conduit sa fringante épouse sur un canapé, où la belle, avantageusement postée, se prépare à lui en donner pour ses vieilles menteries et pour son argent. — Mon Dieu, dit-elle, mon ami, quelle chaleur il fait aujourd'hui ! en vérité on étouffe. — C'est, répond-t-il, que nous sommes dans les jours caniculaires. — Voici, continua-t-elle, en se couchant à demi, un admirable canapé pour la commodité. Oui, repart-il, rien n'est plus commode. J'y fais la méridienne depuis dix ans. Cependant, Madame quitte son fichu et dévoile des appas qui ressuscitent l'humanité du procureur. Il s'émancipe, il tâte, il baise, il tressaille... Enfin, déboutonnant son haut-de-chausse, il lui lève la jupe et se met en posture de lui faire gagner son douaire. Mais inutilement, après avoir sué sang et eau et fait craquer le canapé pendant une heure, il est contraint d'abandonner la besogne.

Comme on se rajustait tristement de part et d'autre, pour aller rejoindre la compagnie, on entendit un cri de joie et, tout à coup, le canapé changea de forme, prit celle d'un jeune homme parfaitement beau et bien fait. — Miséricorde ! s'écria le procureur, plus effrayé de cette merveille que sa femme ; êtes-vous l'âme de quelque malheureux qui aurait besoin de prières ? — Je n'ai besoin de rien, répondit l'inconnu, et je ne suis point un revenant comme vous l'imaginez. Je n'ai pas cessé de vivre, quoique j'aie été métamorphosé ; et si vous daignez me prêter une oreille attentive, je vous conterai mon aventure ; aussi bien vous dois-je cette satisfaction, puisque c'est à vous à qui je suis redevable d'avoir recouvré mon premier état. — Ah ! dit la nouvelle mariée, je vous en conjure ; mais nous n'avons plus de canapé, et je ne vois ici qu'un siège ; mon ami, va en chercher deux autres. — Oh ! parbleu, Madame, dit le nouvel hôte, il serait honteux que vous fussiez entrée ici sans étrenner ; je profiterai, s'il vous plaît, des instants que votre mari nous laisse. Quoique je serve depuis si longtemps de siège à autrui, je suis assez reposé sur l'article pour vous donner en bref un témoignage du respect et de la considération que j'ai pour vous. Il dit et fit les choses si promptement que le Procureur ne s'aperçut de rien à son retour.

CHAPITRE II

Du pays de l'Inconnu et de ce qui occasionna sa métamorphose.

Quand le trio fut assis, l'inconnu se moucha, cracha et rompit le silence en ces termes — Je suis un gentilhomme des environs de Liége, allié aux meilleures maisons du pays. Mes biens sont situés sur les bords de la Meuse, auprès des Ardennes. Je ne vous dirai pas mon nom, parce que je ne crois pas que cela soit bien essentiel ; et puis il y a si longtemps que je suis Canapé, que je ne sais trop si je m'en souviendrai au juste. Ainsi, je me nommerai, si vous le trouvez bon, le chevalier Commode, à cause de la commodité que tant d'honnêtes gens, y compris monsieur et madame, ont trouvée chez moi lorsque j'étais fait pour la mollesse, le repos et les plaisirs des deux sexes.

Je n'avais de passe-temps jadis que la chasse : dès le matin, j'entrais dans la forêt et je n'en sortais rarement que le soir ; tantôt je prenais des oiseaux à la pipée, tantôt à la glu, une autre fois aux filets ; en un mot, le seul amusement que j'eusse au monde, je savais le varier, de manière que je ne m'ennuyais jamais. Un jour que je m'étais plus fatigué que de coutume, je m'endormis sous une feuillée épaisse. De ma vie, il m'en souvient encore, je n'eus, en dormant, de songes plus agréables : à la vérité, j'étais bien en état d'en avoir de semblables, n'ayant alors qu'environ dix-huit ans. Je m'éveillai enivré de ces plaisirs que l'on sent et que l'on ne définit pas. Mais quelle fut ma surprise lorsque je vis à côté de moi une charmante personne, dont l'image adorable m'avait occupé si délicieusement pendant mon sommeil. Elle savait trop bien lire dans les cœurs pour ne point voir ce qui se passait alors dans le mien : entraîné par l'amour, retenu par la crainte, je voulais parler et n'osais. Ces mouvements divers lui expliquaient mieux ce qui se passait dans mon âme que tout ce que la parole aurait pu me suggérer de plus délicat et de plus tendre, et mes yeux, interprètes fidèles de mes sentiments, lui tinrent un langage si pressant qu'elle eut pitié de moi et me parla ainsi :

— Vous êtes étonné, sans doute, de voir une fille de ma sorte dans ces lieux sauvages et déserts ? — Ma foi, madame, dis-je en me levant, on le serait à moins. Ce n'est guère l'usage de trouver des personnes de votre figure et parées comme vous l'êtes dans les forêts ; je ne sais si ceci est un rêve. — Non, reprit-elle, vous ne fûtes jamais plus éveillé ; fiez-vous-en à moi, je m'y connais. — A la bonne heure, repartis-je ; mais ne pourrais-je savoir à qui j'ai l'honneur de parler maintenant ? — A la fée Printanière, répondit-elle, première dame de compagnie de la fée Crapaudine, qui règne depuis six cents ans dans les Ardennes. — Voilà, dis-je, pour une souveraine, un vilain nom. — Oh ! si vous la voyiez, repartit Printanière, vous trouveriez que son nom cadre assez bien avec sa figure. Mais puissiez-vous ne la voir jamais ! — Que je meure, répondis-je, s'il m'en prend envie sur l'idée que vous m'en donnez ! — Ah ! poursuivit-elle en soupirant et laissant échapper quelques larmes, vous ne la verrez peut-être que trop tôt pour votre malheur et le mien ; car il est inutile de vous cacher que je vous aime, et le sort qui vous menace ne me permet pas de vous laisser ignorer plus longtemps mon ardeur.

Crapaudine vous vit ces jours passés tirer des merles avec la sarbacane ; votre bonne mine et votre dextérité lui ont tellement gagné l'âme qu'elle a résolu de vous enlever et de vous faire tireur ordinaire de ses plaisirs. — Parbleu, répondis-je en colère, que Mme Crapaudine cherche ses tireurs où il lui plaira, je tire pour mon amusement, et... — Hélas ! interrompit Printanière, elle serait femme à vous faire tirer pour le sien jusqu'à vous mettre sur les dents ; car elle ménage si peu son monde ! — Ce ne serait point la fatigue qui me rebuterait à son service, répliquai-je, si elle était aussi aimable que vous, et je fixerais volontiers mon bonheur au plaisir d'être attaché à une personne de votre mérite. — Eh bien ! reprit Printanière, en me regardant tendrement, il ne tient qu'à vous d'être heureux ; mais déterminez-vous promptement et voyez si vous voulez me suivre, tandis qu'il est encore temps. Si Crapaudine arrivait, je ne serais point maîtresse de vous secourir. — Ah ! mon adorable fée, m'écriai-je, pour fuir un pareil monstre et vivre sous vos lois, j'irai, s'il le faut, dans les climats les plus éloignés. — Ce n'est pas la peine, dit Printanière, Crapaudine nous découvrirait, fussions-nous au centre de la terre ;

d'ailleurs, ma destinée me fixe à sa cour, je ne puis m'en éloigner sans ses ordres. Mais je sais un moyen de vous avoir toujours auprès de moi, même à ses yeux. Il n'est question que de savoir si vous m'aimez assez pour vous résoudre à être métamorphosé en petit épagneul. — J'y consens, à condition, néanmoins, que, quand nous serons dans votre appartement, je reprendrais ma forme ordinaire. — Voilà qui est fait, repartit Printanière : en même temps elle me transporte à travers les airs, sous la figure du plus joli petit chien du monde.

CHAPITRE III

Arrivée de Commode au palais de Crapaudine, et comme il y fut accueilli par les autres femmes de sa cour.

Nous arrivâmes en deux minutes trente et une secondes à l'appartement de Crapaudine. Printanière ne m'avait pas trompé en me disant que son nom cadrait avec sa figure. La princesse avait environ quatre pieds de haut sur trois de large, de petits yeux louches et fistuleux, tendres et languissants à ravir ; le front petit et triangulaire, les sourcils et les cheveux du plus beau roux du monde ; les joues pendantes et livides, mais appétissantes, une bouche d'une grandeur très honnête, parée d'une demi-douzaine de dents couleur de chocolat ; le tout merveilleusement assorti avec le plus aimable petit nez pointu qu'on puisse voir, ayant au cou une légère cicatrice d'écrouelle, qui ne paraissait presque pas, et deux grossissimes tétons mulâtres qui n'en faisaient qu'un par l'étroite union que la nature avait mise entre eux, lesquels étaient étayés et retenus par une crevée à l'épreuve.

Crapaudine, assise alors dans une manière de chaise curule, très basse, à cause de ses petites jambes, et prodigieusement évasée, eu égard à l'énorme largeur de ses fesses, s'amusait avec ses femmes à éplucher des oignons pour une salade de pissenlits, qu'elle avait pris la peine de cueillir de ses propres mains, sur les remparts du château. — Eh bien, dit-elle d'une voix de basse-contre à Printanière, avez-vous vu mon tireur de merles ? — Non, madame ; j'ai parcouru toute la forêt, et quelque exactes qu'aient été mes recherches, je n'ai pu en apprendre de nouvelles. — Allez, ma mie, répondit Crapaudine, vous ne serez jamais qu'une sotte : on trouve toujours un homme quand on le veut trouver ; et, si vous aviez bien cherché... Mais je ferai moi-même mes commissions. Que demain, avant l'aurore, tous mes équipages soient prêts pour la chasse, nous verrons si j'aurai meilleur nez que vous. — Tarare, voulus-je dire, et au lieu de tarare, je ne fis qu'aboyer. — Oh ! oh ! demanda la princesse, d'où vous vient ce petit animal ? — Madame, dit Printanière, il y a quelque temps que je l'ai : une bohémienne, en reconnaissance de quelque service que je lui ai rendu, m'en a fait présent. — Sait-il faire quelque chose ? — Oui, madame, il danse, il saute, il rapporte. — Et quel nom lui donnez-vous ? — Celui de Bacha. — Mettez-le à terre que je le voie. Venez ici, Bacha. Mais, au lieu d'obéir, je me mis à lui montrer les dents et me retranchai sous les jupes de mon aimable maîtresse, où je vis d'avance une partie des charmes que je me promettais d'inventorier à mon aise lorsque je serais chez elle. — Excusez, madame, dit Printanière, il est un peu sauvage quand il ne connaît pas son monde. Ce qu'il y a pourtant de vrai, c'est que je ne l'étais pas alors pour ma belle fée, quoique je ne la connusse que depuis quelques moments. Je m'élançais le long de ses jambes, je lui baisais les genoux, et mes petites pattes et ma langue allaient fourrageant où elles pouvaient atteindre.

Cependant, la princesse ayant achevé d'éplucher les oignons, on mit la table, et j'eus l'honneur d'être présent à son souper, qui consistait en un haricot aux navets pour entrée, une oie grasse pour rôt, accompagnée de sa salade, et pour entremets un cervelas de la rue Desbarres, avec deux plats de dessert, composés d'un demi-quarteron de poires de Martin-sec et d'un morceau de fromage de Brie, exhalant une odeur tout à fait semblable à celle dont Henri IV faisait si grand cas. Tandis que Crapaudine se repaissait ainsi, toutes les dames du palais me mangeaient de caresses ; l'une me donnait du bonbon, l'autre de petits pâtés à la crasse et quelques mies qui tombaient dessus la nappe ; celle-ci me passait la main sur le dos, celle-là sous le ventre ; une autre m'essuyait les yeux avec mes longues oreilles, car c'est le défaut des chiens d'être toujours chassieux ; enfin, de ma vie je ne fus si bien fêté.

La princesse, ayant cessé de manger et dit ses grâces, fila environ une demi-bobine de soie par manière de récréation, après quoi on la déshabilla et elle se mit au lit. Quand on nous eut congédiés, chacune de ces dames voulait me mener coucher avec elle ; mais cela n'étant ni du goût de Printanière, ni du mien, nous les quittâmes et fûmes nous renfermer dans notre appartement, où, ayant repris ma forme, j'employai mon temps à tout autre chose qu'à lécher, comme je faisais un instant auparavant. Heureux si je l'avais bien moins employé ! je vivrais peut-être encore avec cette charmante fée ; mais il fallait remplir l'ordre de notre destin.

CHAPITRE IV

Les nouveaux amants pris en flagrant délit : la disgrâce de Printanière et la métamorphose de Commode en canapé, pour avoir fait à la princesse un affront que le sexe ne pardonne pas.

Nous passâmes les deux tiers de la nuit plongés dans ce que l'amour a de plus délicieux et de plus exquis. Cependant, la fatigue nous arrachant à des plaisirs dont il nous était impossible de nous rassasier, le sommeil s'empara de nos sens ; et ayant oublié qu'il y avait chasse le lendemain, nous dormîmes si bien que Crapaudine nous surprit, Printanière et moi, sous la même couverture. Mon infortunée maîtresse fut sur-le-champ disgraciée et transportée dans les airs, je ne sais où. Pour moi, la princesse m'enferma elle-même dans une chambre voisine de son appartement. J'y avais déjà passé les deux plus cruelles heures de ma vie, en déplorant plus la perte de l'objet de mon ardeur que celle de ma liberté, lorsque Crapaudine entra, dans une espèce de déshabillé, à dessein sans doute de me séduire.

— Eh bien, monsieur le tireur de merles, dit-elle en m'abordant et fermant scrupuleusement les verrous, vous venez donc débaucher nos filles ? Savez-vous qu'aucun mortel jusqu'en ce jour n'eut l'audace de s'introduire dans ce palais impunément, et que je devrais punir votre témérité ? — Ma foi, répondis-je, madame, c'est votre faute ; que ne me laissiez-vous prendre mes merles en repos ? — Eh ! qui vous en a empêché ? reprit-elle, en se donnant des grâces. — Vraiment, répliquai-je, nous savons le dessein que vous aviez sur notre personne, et ce n'a été que pour l'éluder que je me suis laisser enlever. — Ah ! petit traître, s'écria-t-elle, imitant le fausset, voilà donc de vos tours ! Quoi ! vous savez que je vous aime, et, au mépris de ma tendresse, de mon rang et de mes charmes... — A l'égard de vos charmes, interrompis-je, je n'en avais qu'une légère idée au portrait que Printanière m'en a fait ; mais à présent que je les vois en original, je leur rends toute la justice qui leur est due. — Oh ! vous convenez donc de la différence qu'il y a de moi à cette petite étourdie, dont vous étiez coiffé ? — Assurément, répondis-je, vous ne vous ressemblez en aucune façon. — Çà, continua-t-elle, en se haussant sur la pointe des pieds pour me caresser le menton, ce n'est point assez que vous reconnaissiez ce que je vaux, il faut m'en donner des preuves. — Eh ! quelles preuves, madame, exigez-vous de moi ? — Mais... dit-elle, en s'inclinant dans une bergère et me tirant entre ses bras, il est des choses que ma modestie ne permet pas d'expliquer ; c'est à vous de les deviner. Puis, la passion la suffoquant, elle balbutia mainte autre belle phrase que je n'entendis pas. Cependant je ne sais comment cela se fit : je me trouvai la culotte presque sur les talons, dans un état passablement honnête ; et, par un charme inconcevable, je me mettais en devoir de la besogner, lorsqu'un lacet de nonpareille, qui contenait sa gorge, venant à rompre, me fit tomber deux tétons énormes au-dessous de la ceinture. Cet accident me tira de l'enchantement où le diable m'avait jeté ; et, à l'aspect d'une jouissance si monstrueuse, je ne me retrouvai plus.

Crapaudine, néanmoins, ayant peine à quitter prise, me serrait toujours étroitement et se trémoussait sous moi de son mieux. Mais ses efforts n'aboutissant à rien, l'amour fit tout à coup place à la rage ; et l'inhumaine, me détachant sur la poitrine un des meilleurs coups de poing qui se soient jamais donnés, je me fis, en tombant à dix pas de là, une bosse à la tête et une contusion au derrière, dont je me ressens encore aujourd'hui, faute d'avoir été pansé dans le temps. Enfin, Crapaudine, me lançant de ses petits yeux chassieux des regards à faire dresser les cheveux de frayeur, me prononça cet arrêt :

— Pour expier l'injure que tu m'as faite, dit-elle, on prendra désormais sur toi les plaisirs que tu n'as pu me procurer. Tu serviras indistinctement à tout le monde, maître et valet ; chacun te fera gémir sous les secousses qu'il te donnera, et tu ne recouvreras ta première forme que lorsque entre tes bras on aura commis une faute égale à la tienne.

En même temps elle me cracha au visage ; et, avant que je pusse m'essuyer, je me trouvai canapé : incontinent après je fus emporté par quatre génies à Paris, et exposé en vente sur le pont Saint-Michel.

CHAPITRE V

Une célèbre embaucheuse de filles achète le canapé ; un abbé recommandable par ses exploits d'amour en a l'étrenne.

Il n'est pas, continua le chevalier Commode, que vous n'ayez ouï parler de la Fillon, cette femme si recommandable par les plaisirs clandestins qu'elle procurait à tout le monde en bien payant. Ce fut à elle à qui je fus adjugé par enchère, et l'on me plaça aussitôt mon arrivée dans un cabinet préparé pour les joyeux ébats. Comme la Fillon était extrêmement achalandée, je n'y fut pas longtemps sans étrenne.

Le premier que j'eus l'honneur de porter fut un abbé que ses talents à récréer le beau sexe ont fait parvenir à la prélature. J'avoue que de mes jours je ne fus secoué si vigoureusement et à tant de reprises. — Est-il possible, interrompit le procureur, que des gens de cette robe fréquentent de semblables endroits ? —

Eh ! pourquoi non ? reprit le chevalier. L'affublement apostolique est-il un préservatif contre l'incontinence ? Si vous le croyez, que vous êtes dans l'erreur ! Mettez-vous en tête que la plupart de ceux qui embrassent cet état n'ont en vue que de se procurer une vie tranquille et voluptueuse : exempts de tous les embarras de ce monde, ils ne connaissent que les plaisirs ; et c'est pour se les assurer qu'ils se sont imposé la loi du célibat. A leur habit évangélique, toutes les portes leur sont ouvertes ; ils s'insinuent adroitement dans le sein des familles et s'en rendent tôt ou tard les maîtres ; de pauvres maris se voient contraints, pour entretenir la paix dans le ménage, d'inviter les cafards à boire leur vin ; heureux encore si on les quitte à si bon marché ! Mais, tandis qu'ils sont occupés du soin de leurs affaires, que n'ont-ils point à redouter des manœuvres de ces pieux fainéants ? — Fi ! fi ! s'écria la procureuse, j'aimerais mieux recevoir chez moi le régiment des gardes qu'un homme d'église. — Ma mie, dit le procureur, ne voyons ni les uns ni les autres, ce sont de mauvaises connaissances. — Oh ! mon fils, ce que j'en dis n'est que pour vous prouver combien je suis éloignée d'avoir de liaison avec aucun membre du clergé. — Il ne faut jurer de rien, répondit Commode : si vous aviez connu celui qui me remua de si bonne grâce, vous auriez eu bien de la peine à lui refuser votre estime ; au moins suis-je très persuadé qu'il n'y a point de femmes à la Cour qui ne lui aient accordé la leur, et vous conviendrez qu'elles y sont connaisseuses en mérite autant et plus qu'ici. — C'était donc un homme bien rare ? dit la procureuse, d'un ton de convoitise. — Rare au point que, si j'avais eu souvent affaire à gens aussi déterminés, je n'y aurais jamais résisté, eussé-je été de fer ; et j'avoue, à sa gloire, que pendant plusieurs assemblées du clergé, où j'ai eu l'honneur d'être exercé par tous les gros abbés et monseigneurs du monde, je n'en ai jamais trouvé de si francs sur l'article, pas même chez messieurs du grand couvent. — Quoi ! s'écria le procureur, vous aviez la pratique des cordeliers ! — Qu'y a-t-il d'extraordinaire à cela ? Nous avions celle de tous les ordres réguliers et séculiers de la ville, et bien nous en prenait, car les gens du bel air nous escroquaient si fréquemment que nous aurions été contraints mille fois à fermer la boutique, sans les secours quotidiens dont l'Eglise nous gratifiait. Aussi le sacerdoce était-il servi de préférence aux autres états. Dès qu'il se présentait un pucelage à dénicher, c'était un prélat ou quelque prieur bien renté qu'on en accomodait. A propos d'aubaine de cette espèce, il faut que je vous fasse part de l'entretien d'un doyen de chapitre avec une jeune personne dont il eut les prémices.

CHAPITRE VI

Le préambule du saint homme et ce qui s'ensuit.

— Eh bien, ma chère enfant, disait le pieux ribaud, en la faisant asseoir sur moi à côté de lui, quel âge avez-vous ? — J'ai quatorze ans, monsieur. — Et vous n'avez encore vu personne ? — Qui que ce soit. — Tant mieux, car tout dépend de la façon dont on entre dans le monde ; c'est le commencement de la vie qui décide pour tout le reste. A l'âge où vous êtes, il est difficile de débuter comme il faut si l'on n'est dirigée et conduite par d'honnêtes gens : quel malheur pour vous, ma fille, si vous étiez tombé entre les mains de quelque homme du siècle ! — Eh mais, monsieur, que m'en serait-il arrivé, je vous prie ? — Ce qu'il arrive à ceux qui reçoivent de mauvais principes ; vous seriez égarée. L'esprit de débauche et de libertinage est si généralement répandu chez les mondains qu'on risque tout à les fréquenter. Ce sont la plupart des traîtres qui, vous ayant ravi votre innocence, vous abandonnent ou vous entraînent avec eux dans les voies de l'iniquité.

Voilà bien du préambule pour dépuceler une fille, interrompit le procureur. — En ces sortes de rencontre, interrompit le chevalier, il est quelquefois essentiel de préambuler, souvent on ne recule que pour mieux sauter. D'ailleurs, quoique l'on soit d'église, ne vous imaginez pas que l'on en vaille davantage ; si cela était, chacun voudrait en être, le métier est déjà si bon par lui-même ; et puis quand le sacerdoce communiquerait les facultés prolifiques, ne faut-il pas que toutes choses prennent fin ? Un chef de chapitre n'est point censé ordinairement un jeune clerc. Cependant donnez-nous patience, et vous verrez qu'il ne s'en tint pas à son prône.

— La modestie, continua M. le doyen, en posant une main sur l'épaule de la femelle et laissant échapper, comme par hasard, deux de ses doigts entre la chair et le fichu, la modestie est la vertu la plus nécessaire au sexe ; elle ajoute à ses perfections et diminue ses défauts ; une jolie personne l'est doublement quand, loin de s'enorgueillir des avantages dont la nature l'a favorisée, elle les estime toujours au-dessous de ce qu'ils sont et ne se presse jamais de les faire connaître. Vous êtes dans ce cas-là maintenant, ou je me suis bien trompé ; votre fichu dérobe aux yeux des choses qui doivent être fort belles à en juger par ce qui n'est point caché. — Monsieur, dit la nouvelle prosélyte, cela vous plaît à dire, je n'ai rien de beau. — Oh ! je gage que si, répond l'homme de Dieu, en lui découvrant un côté de la gorge. Comment, diable ! s'écria-t-il, émerveillé de ce qu'il voyait, vous n'avez rien de beau ? Ah ! friponne, vous serez fouettée. Puis le paillard la coucha de son long, lui leva la chemise, et lui ayant claqué préalablement les fesses, il me fit plier un instant après sous ses efforts ; les obstacles enfin augmentant son courage, j'entendis faire deux ou trois fois ouf ! à la fille et je n'entendis plus rien, preuve qu'il n'y avait plus rien à faire. Il lui trouva sans doute des allures telles qu'il les lui fallait, car il nous l'enleva dès ce jour, mais, de peur d'être tôt ou tard embarrassé pour les frais de gésine, il la fit épouser à un riche benêt de ses amis ; au moyen de quoi le bon prêtre fut déchargé de tout. — Peste, dit le procureur, l'expédient n'est pas d'un maladroit. — Bon, répartit Commode, il n'y a rien de plus ordinaire que ces sortes de tours de la part de messieurs les gens d'église : c'est pour eux que l'on se marie, quand on prend femme de leurs mains. — Vous devez avoir été témoin de scènes bien originales, dit la procureuse, dans une semblable maison ? — Oui, répond le chevalier et ce sont les ecclésiastiques qui y ont joué les plus grands rôles. Je vais vous en conter une assez singulière ; mais respirons un peu auparavant.

CHAPITRE VII

D'un abbé qui se faisait fouetter, pour réveiller en lui la partie brutale

Commode ayant pris du tabac, éternué cinq ou six fois, parce qu'il avait perdu l'usage de cette poudre céphalique, dont la principale vertu est de barbouiller le nez, continua à parler ainsi :

— Comme je ne devais reprendre ma première forme qu'aux conditions que vous savez, je ne demandais pas mieux que d'avoir de la pratique, malgré la fatigue que cela me causait, mettant toujours mon espoir en l'insuffisance de quelque passe-volant. Un jour donc que je m'ennuyais d'être seul, il entra dans mon cabinet une jeune demoiselle, et peu après un abbé qui pouvait avoir environ la cinquantaine. Les portes étant soigneusement fermées, les rideaux tirés et tout, jusqu'au moindre petit trou, bouché avec précaution, la fille lui cria d'un ton courroucé : — D'où venez-vous, libertin ? Ne vous ai-je pas défendu de sortir sans ma permission ? — Ma chère mère, répond l'abbé d'un air soumis et contrefaisant au mieux l'écolier, je viens du catéchisme. — Du catéchisme ? du catéchisme, effronté ! à l'heure qu'il est ? Vous êtes un menteur ! En même temps elle lui lâche deux ou trois soufflets et autant de coups de pied dans le derrière. Voyons, voyons, dit-elle, si vous avez profité. Combien y a-t-il de péchés mortels ? — Il y en a... il y en a, ma chère mère, ma chère mère, je ne m'en souviens pas. — Comment fripon que vous êtes, vous ne connaissez pas vos péchés mortels ! Oh je vous apprendrai à les connaître, moi. Allons vite, à genoux. — Ah ! ma chère maman, s'écria-t-il, je vous demande pardon, je les étudierai. — Non, répliqua-t-elle, s'étant munie d'une poignée de verges, vous aurez le fouet ; culottes bas ! L'abbé, après quelque légère résistance, découvre l'échantillon d'un derrière jaune, sec et ridé. — Oh ! poursuivit la fille, cela ne suffit pas, il faut tout voir. Puis elle lui attache la chemise aux épaules et lui baisse la culotte aux jarrets. Enfin, dès qu'il eut reçu environ une demi-douzaine de coups, il feignit de vouloir les esquiver avec les mains ; mais elle lui lia par devant et l'étrilla ensuite jusqu'au sang. — Quel diable de ragoût ! dit le procureur. Et qu'arriva-t-il de tout cela, s'il vous plaît ? — Qu'il pensa me rompre les reins au même instant sur sa fouetteuse et que jamais on ne s'acquitta d'un exploit de cette espèce aussi vigoureusement. Mais devinez ce qu'il fit pour procéder au second ? — Que sais-je ? répondit le procureur, il mangea peut-être une pomme de rainette et but un verre d'eau par-dessus. — Point du tout, poursuivit le chevalier, il ne fit que changer de rôle : au lieu d'écolier, il devint maître, et la maîtresse devint écolière. De façon, dit la procureuse, que la maîtresse fut fouettée à son tour. — Justement, reprit Commode, l'abbé, pour se remettre en humeur, donna une légère teinte d'incarnat au derrière le plus blanc et le plus appétissant du monde. — Il faut avouer, ajouta la procureuse, que voilà un secret de ressusciter les puissances bien singulier et bien bizarre. — Vous vous trompez, répliqua le chevalier, rien n'est plus naturel et plus de mode aujourd'hui ; cela s'appelle cérémonie et il n'y a pas jusqu'aux moindres communautés consacrées à Vénus où l'on ne trouve toujours provision de verges pour ceux qui sont dans ce train-là. — Il n'est pas douteux que la cérémonie, puisque cérémonie il y a, ne mette le sang en mouvement, et c'est pour les personnes difficiles à émouvoir que la chose a été imaginée. Les effets en sont si prompts et si miraculeux que je serais peut-être encore canapé maintenant si Monsieur en avait essayé avant de tenter l'aventure. — Malapeste ! s'écria le procureur, je ne suis pas si fou. J'ai été étrillé en ma jeunesse à Saint-Lazare, mais, autant qu'il m'en souvient, cette cérémonie alors n'était rien moins qu'amusante pour moi. — Vraiment, je le crois bien, répondit Commode. Quelle comparaison ! la main d'un grand coquin de frère lai n'a point la vertu de celle d'une jolie femme. Si vous aviez été aussi bien aux Feuillantines qu'à Saint-Lazare, je gage que vous n'auriez jamais voulu en sortir et que vous vous seriez aisément habitué aux corrections que des sœurs jeunes et fringantes vous auraient données. — En voici assez, dit la procureuse, sur l'article de la cérémonie et de son excellence. — Tant et si peu que vous voudrez, répondit le chevalier ; quand je vous ennuierai, faites-moi l'honneur de m'avertir. — Vous n'êtes point fait, répartit civilement le procureur, pour ennuyer personne, et nous avons tant de plaisir, madame et moi, à vous entendre, que si nous ne craignions d'abuser de votre complaisance, nous vous prierions de raconter quelque autre chose. — Volontiers, reprit Commode, écoutez cette aventure-ci.

CHAPITRE VIII

Quatre moines se trouvent chez la Fillon sans le savoir et y font par occasion ce que l'on fait en si bon lieu.

Deux mousquetaires, assiégés un matin par quatre moines qui venaient leur demander à dîner, firent entendre aux révérends qu'il serait plus convenable qu'ils mangeassent en maison bourgeoise qu'à l'hôtel, où la jeunesse dissolue et peu dévote ne rendait pas toujours ce qu'elle devait à des gens d'un caractère aussi respectable que le leur. Les pères, flattés des égards que ces messieurs paraissaient avoir pour eux, déférèrent à leur sentiment et consentirent, pourvu que la chère fût bonne, à les suivre partout où ils voudraient. — En quel endroit mener ces canailles-là ? dit l'un des mousquetaires à l'oreille de son camarade. — Te voilà bien embarrassé, répondit-il : parbleu, il n'y a pas tant de cérémonie à faire, menons-les chez la Fillon, personne ne joue mieux le rôle d'honnête femme qu'elle ; il lui sera facile d'en imposer à de pareils nigauds, qui, vraisemblablement, ne la connaissent pas. — Il n'est question que de la dire parente de l'un de nous et de lui supposer un nom. — Nous l'appellerons, si tu veux, la comtesse de Grand-Fond. — Oui-dà, répartit l'autre, cela fait un beau nom. Messieurs, dit-il, haussant la voix, nous irons dîner chez la comtesse de Grand-Fond, tante du baron. — Nous y serons bien reçus, je vous jure, c'est une dame qui fait parfaitement les honneurs de chez elle. A l'égard du cérémonial, que cela ne vous inquiète pas : vous ne serez pas gênés en aucune manière, vous boirez à votre soif et vous aurez la liberté d'aller pisser dès l'entremets, si l'envie vous en prend ; ce n'est pas une bagatelle, d'autant plus que, dans les tables bien réglées, c'est une espèce d'indécence d'y aller avant le dessert. — Ma foi, répondit un des pères, je me moque de l'indécence ; quand j'ai quelque besoin, je ne me retiendrais pas pour le pape. N'est-il point du dernier ridicule de s'asservir à de sottes et frivoles bienséances qui ne tendent qu'à la destruction du genre humain ? Pour moi, messieurs, j'aime mieux braver le préjugé que d'en être le martyr. Tandis que Sa Révérence s'expliquait ainsi, on avait dépêché un grison à la Fillon, pour la prévenir sur le personnage qu'elle devait faire, moyennant quoi la scène fut jouée au naturel.

— En vérité, mon neveu, dit-elle, voyant arriver la compagnie, vous n'êtes point raisonnable de m'amener ces messieurs sans m'en donner avis. Je suis honteuse de n'avoir que mon ordinaire à leur offrir. — Madame, répondit d'un ton grivois un des moines, à petit manger bien boire ; nous nous accommoderons de ce qu'il y aura. — Bon, bon, répondit le prétendu neveu, ne prenons pas les paroles de ma tante à la lettre ; elle se plaît parfois à tromper son monde et... — Savez-vous, interrompit la Fillon, que Mlles Finelame et du Déduit sont des nôtres ? — Morbleu, tant pis, repartit l'autre mousquetaire, les révérends pères le trouveront peut-être mauvais : elles sont si jeunes... — Vous vous moquez, s'écrièrent-ils tous ensemble, la compagnie des dames ne nous fait point peur ; vraiment, plus on est de fous, plus on rit ; il suffit qu'elles soient de votre connaissance pour que nous soyons charmés de les voir. Les enfroqués ne languirent pas longtemps dans l'attente ;

les belles parurent au moment même, et le feu de paillardise qui sortit alors de leurs yeux fit connaître aux autres le plaisir que leur faisait l'arrivée de deux convives de cette espèce. La Fillon fit donner des sièges, et, pendant que le dîner se préparait, on tint une conversation très intéressante sur les plus beaux lieux communs du monde, en quoi les anachorètes ne manquèrent pas de déployer leur érudition monastique. Par exemple, entre les questions qui furent mises sur le tapis, celle de la puanteur des urines, après qu'on a mangé des asperges, fut débattue avec toute la chaleur et l'esprit imaginables ; on disserta beaucoup aussi sur les choux-fleurs, qui ne font pas le même effet, quoique l'eau dans laquelle on les fait cuire devienne infecte au point de n'en pouvoir supporter l'odeur. Un des pères, prédicateur de son métier, dit à ce sujet des choses au-dessus de la portée humaine. Il était en train de résoudre une question encore plus embarrassante, lorsqu'on vint avertir qu'on avait servi. La dispute, si j'ai bonne mémoire, roulait en ce moment sur les épinards et la farce à l'oseille : les uns voulaient que la farce à l'oseille tint le ventre plus libre que les épinards ; les autres soutenaient le contraire, et chacun défendait son avis avec toute la subtilité et l'éloquence que requérait une matière aussi épineuse ; mais comme le potage refroidissait, la question resta indécise, et l'on fut se mettre à table.

Il fallait voir de quel cœur les bons religieux officiaient. Alors on avait beau les exciter à parler, leurs réponses n'étaient jamais que oui et non, ou simplement un signe de tête.

Cependant, vers la fin du repas, la Fillon sortit, sous prétexte de quelques affaires. Les frapparts, qui n'avaient encore rien dit aux demoiselles, tant à cause du plaisir de manger, dont ils s'étaient constamment occupés jusqu'au dessert. que par la craine de déplaire à la dame du logis, s'égayèrent peu à peu, et quelques verres de champagne achevant de les coiffer, les mousquetaires en enfermèrent un dans mon cabinet avec l'une des princesses. Le révérend père prédicateur, qui avait conservé le plus de sang-froid, quoiqu'il eût sablé plus que personne, courut à la porte exhorter son camarade à la continence. — Père Pia, s'écriait-il, craignez l'ange séducteur et les pièges qu'il vous tend. — Paroles en l'air, père Pia était déjà sur moi, s'agitant et se démenant comme un possédé. Enfin chacun eut son tour, et le prédicateur lui-même, entraîné par l'exemple, succomba à la tentation ainsi que les autres. — Il prit le bon parti, dit le procureur. — Pas tant bon, répliqua Commode, il y gagna un rhume de chaleur dont la cure lui coûta le profit de deux ou trois années de sermon de carême.

Mais, pour revenir au Père Pia, l'un des mousquetaires faisant mine de caresser la demoiselle à qui il venait de prodiguer son encens : — Ah ! monsieur, s'écria-t-il, par pitié ne nous enviez pas ce petit quart d'heure de récréation. Vous autres, gens du monde, vous en trouvez les occasions quand il vous plaît, cela ne vous manque pas plus que le boire et le manger ; mais de pauvres diables de moines, tels que nous, n'ont pas cet avantage : nous sommes comptables au public et à nos communautés de la moindre de nos démarches. Hélas ! si vous nous empêchez de profiter de cette aubaine-ci, il ne s'en présentera peut-être point une semblable de six mois. Mettez-vous un moment en notre place : six mois de jeûne pour gens de bon appétit, cela fait une bien cruelle épreuve. — A d'autres, cria le mousquetaire, vous n'en faites jamais de si longue. — Je vous demande pardon, repartit père Pia, jusqu'à ce que nous soyons dans les dignités de l'ordre, on observe notre conduite de plus près que vous ne l'imaginez : nos supérieurs sont des tyrans qui n'en veulent que pour eux.

De si sages et si judicieuses remontrances furent reçues comme elles devaient l'être, continua le chevalier ; et les moines et les filles ayant sacrifié à Vénus et à Bacchus jusqu'à n'en pouvoir plus, on termina la fête en les mettant tous à la porte dans l'état où ils étaient. — Cela n'est guère charitable, dit la procureuse. — Ah ! les coquins ! repartit Commode, plût à Dieu qu'on les eût renvoyés avec cent coups d'étrivières : ils m'ont tellement contaminé et disloqué ce jour-là que la Fillon, me jugeant incapable de servir davantage, fut obligée de se défaire de moi.

CHAPITRE IX

Des joueurs de convulsions achètent le canapé.

Le sort me fit tomber dans une maison de convulsionnaires ; mais j'avais été si maltraité dans ma première condition qu'on me réduisit presque en canelle à la troisième ou quatrième séance, de façon que mes nouveaux hôtes songèrent encore à me réformer... — Oh ! parbleu, interrompit le procureur, puisque vous avez été chez des convulsionnaires, vous voudrez bien nous apprendre ce que sont au juste ces gens-là ; on en dit des choses si merveilleuses ! — Merveilleuses pour les sots, répondit Commode, car les personnes éclairées et impartiales ne seront jamais dupes de leurs friponneries. C'est une espèce d'enthousiastes ou de fous, comme il vous plaira, détachée d'une secte à laquelle il était difficile autrefois de refuser son estime, mais qui s'est dégradée par de mauvaises parades qu'elle fit représenter, il y a quelques années, dans un lieu saint, et s'est rendue chez les honnêtes gens aussi méprisables que son antagoniste.

Comme la sagesse du gouvernement ne se prêta point aux trivelinades de ces farceurs, ils firent, depuis, plusieurs bandes, et s'assemblèrent dans des maisons particulières, ou ils continuèrent à jouer leurs fanatiques scènes. — Mais, demanda la procureuse, quels avantages prétendent-ils tirer de ces folies ? — Ceux d'en imposer au peuple crédule, de gagner sa confiance et de se rendre dans la suite, s'il est possible, un parti considérable. L'honneur d'être à la tête d'une secte, pour ces sortes de gens affublés de noir, n'est pas moins flatteur et délicieux que celui d'avoir le commandement général d'une armée. La vaine gloire et l'ostentation sont les mêmes dans le cœur de tous les hommes, elles ne font que changer d'objets, selon les diverses professions qu'ils embrassent. — Vous n'avez donc rien trouvé, poursuivit la procureuse, de fort extraordinaire dans ce que font ces sortes de bateleurs ? — Non, en vérité, répliqua Commode, leurs plus beaux tours de force, d'adresse et d'équilibre, ne valent pas, à beaucoup près, ceux de la troupe des sieurs Colin et de Restier ; et je puis vous assurer que le premier convulsionnaire du monde n'est pas digne d'être mis en parallèle avec le dernier sauteur de la foire. — Songez-vous, dit le procureur, que vous offensez une infinité d'honnêtes gens par un parallèle aussi inégal ? — Il ne l'est pas tant que vous le croyez, repartit le chevalier ; s'il y a des personnes d'un rang distingué qui se mêlent de convulsionner, on peut vous en citer qui, dansant sur la corde, voltigent, marchent sur les mains et hasardent le saut périlleux sur des matelas : jamais les seigneurs n'ont eu tant d'émulation qu'aujourd'hui pour tous les exercices, excepté pour ceux qui conviennent à leur état. — Cela est bien louable, reprit le procureur. — Au moins, continua Commode, tout le mal qui peut arriver d'un goût si extravagant, c'est de se casser le cou ; et, dans la société, quelques cous de plus ou de moins ne sont pas une affaire. Mais, morbleu ! s'étudier à gâter la cervelle du pauvre monde par de sacrilèges histrionades, c'est ce que je ne puis digérer ; et, si j'en étais cru... — Vous n'êtes point l'apôtre des convulsionnaires, interrompit la procureuse. — Ce serait l'être d'une bande de scélérats, répliqua le chevalier. Combien de jolies filles ne m'ont-ils pas fait passer sur le corps, pour n'y faire autre chose que des grimaces et des contorsions horribles ! — Vraiment, dit le procureur, ce n'était point là votre compte ; je ne suis pas surpris que vous soyez si mécontent ; avec des personnages de cette espèce, vous auriez pu mieux employer votre temps. — Il est vrai, répondit Commode, mais c'était ma destinée de n'être plus employé au déduit que chez vous, comme vous allez voir.

CHAPITRE X

Le canapé vendu à une dévote, les peines et les mortifications qu'il essuie à son service.

Je vous ai déjà dit que mon dernier exercice de chez la Fillon m'ayant réduit dans un état qui faisait pitié, il n'était pas possible que je demeurasse longtemps où la fatigue était si grande : aussi me vendit-on bientôt. Ce fut une dévote qui m'acheta ; cela me faisait une condition tranquille, à la vérité, mais ennuyeuse au delà de toute expression.

Ma très révérende et dégoûtante maîtresse me fit placer dans sa chambre, de sorte que j'avais l'avantage d'être toujours en sa présence et celui de l'entendre faire ses oraisons. Tout son train et sa compagnie ordinaire consistaient en une idiote de servante, un chat, un chien et un vieux directeur qui l'aidait charitablement à médire de son prochain et à manger son revenu.

— Cet homme-là était bien complaisant, dit la procureuse. — Tous ceux de sa profession le sont extraordinairement, repartit le chevalier, surtout quand ils trouvent leur avantage de l'être ; celui-ci n'eut point à se repentir de l'avoir été, car la bonne dame lui légua tout son bien, au préjudice d'un frère qui n'était rien moins qu'à son aise. — Quoi ! cette malheureuse se piquait de pitié et commit une injustice aussi criante ! — Que vous connaissez peu les privilèges de la dévotion ! s'écria Commode. Ce qui serait inique pour des profanes tels que vous ne l'est nullement pour les dévots. Ils ont fait un concordat avec le ciel qui les dispense de bien faire. Une action dont la noirceur révolterait l'humanité chez les gens ordinaires devient, par leur crédit, une action digne d'être gravée dans les fastes et proposée à l'univers pour exemple. — Et quel était, demanda le procureur, votre emploi dans cette boutique ? — Je servais à tout, hormis à l'essentiel, répondit le chevalier, et jamais le nom de Commode ne me convint mieux qu'en ce lieu-là.

M. Ventru, c'était le nom du directeur, grommelait ordinairement son bréviaire sur moi ou y reposait sa sainte personne après les repas ;

et le bonhomme ayant le défaut, ainsi que ses semblables, de manger un peu goulument, donnait, sans façon, carrière à son ventre et m'empoisonnait tous les jours par les vapeurs d'une fausse digestion. — La peste soit du bouc ! dit le procureur en se portant la main au nez. — Ce n'est point là le pire, continua Commode ; la dévote prenait journellement un anodin, et, comme vous savez que cela ne se prend pas si exactement qu'il ne s'en échappe toujours quelque chose, j'avais la mortification de humer ce qu'elle ne pouvait retenir. Il arriva même un jour que je pensai être noyé par la méprise de la servante : c'était elle qui était chargée du soin d'abreuver le derrière de madame. L'innocente femme, ayant mal pris cette fois-là ses dimensions lui échauda le canal de l'urètre et ses dépendances. La bonne dame, peu habituée à être injectée en pareil endroit, serra les fesses et emporta la canule d'un coup de croupe, de manière que je ne perdis pas une goutte de la décoction. — Et que fit-on à la pauvre Jeanne, demanda le procureur, pour l'expiation d'une semblable faute ? — On la condamna à recevoir vingt coups d'étrivières, laquelle sentence M. Ventru prit la peine d'exécuter dans la minute, et ce fut sur moi que la tragédie se passa. Jeanne, reconnaissant son crime, se coucha modestement et livra son derrière à la merci du vieux directeur, qui, malgré sa résignation, ne lui fit grâce de rien. — Ces gens d'église, dit la procureuse, sont sans pitié. — Il est vrai, repartit Commode, la dureté de cœur est un défaut qu'on leur reproche avec justice, mais en telle circonstance un homme du monde n'aurait pas été plus traitable. Jeanne était jeune et jolie, elle avait la peau belle et de l'embonpoint ; tant de charmes flattaient trop la vue pour ne pas mettre à profit les instants où il était permis de les admirer : et comme cela ne se pouvait faire décemment qu'à l'occasion de la peine infligée à la pénitente, le bonhomme Ventru ne se pressait pas de finir et comptait distinctement tous les coups qu'il lâchait, ainsi que tout paillard, prêtre ou non, aurait fait en sa place... — La pauvre fille ! interrompit le procureur, il fallait qu'elle eût bien de la patience. — Par sambleu ! répliqua le chevalier, il fallait que j'en eusse bien davantage, moi. Ce n'était point assez que je fusse sans cesse infecté et sali par les deux plus vilains derrières de France, j'étais encore le souffre-douleur des bêtes de la maison. Théâtre éternel des querelles du chien et du chat, j'avais toujours à pâtir de leur mésintelligence. Le moindre petit os à croquer allumait entre eux une guerre civile dans laquelle j'héritais d'ordinaire de maints coups de griffes et de dents. Maître Minet même, en sa meilleure humeur, aiguisant nonchalemment ses ongles crochus sur ma peau, me découpait chaque jour quelque partie du corps. Et monsieur est témoin que j'étais presque en lambeaux lorsque madame eut la courtoisie de prendre congé de ce monde pour aller en l'autre.

CHAPITRE XI

Le canapé entre chez le procureur et y recouvre sa première forme au bout de dix ans.

Délabré et déguenillé comme je l'étais alors, il n'y avait qu'un philosophe ou un homme ennemi de l'ostentation tel que vous qui pût se charger d'un aussi mauvais meuble que moi. Enfin vous fûtes assez modeste pour ne pas me juger indigne de décorer votre cabinet. — Eh ! mais, dit le procureur, vous n'aviez pas mauvaise façon ; quand ma nièce vous eut raccommodé, vous étiez comme tout neuf. — Tudieu, repartit le chevalier, vous parlez d'une fille de grand mérite ; je n'ai jamais vu coudre ni tricoter de meilleure grâce. — Avouez, papa, que vous en étiez un peu féru et qu'il n'a pas tenu à vous d'avoir quelques privautés incestueuses avec elle. Vous souvenez-vous d'un jour que, la trouvant endormie sur moi, vous lui glissâtes une main sous la jupe ? — Oh ! répliqua-t-il, c'était seulement pour voir si elle était chatouilleuse. — Votre maître clerc, reprit Commode, eut la même curiosité un matin que vous étiez au Palais : je croyais, ma foi, qu'elle était en léthargie. — Quoi ! poussa-t-il les choses assez loin pour... — Belle demande ! Il s'y prit si légèrement qu'il fit tout ce que vous aviez envie de faire, et il n'y eut que cela qui l'éveilla. — Ah ! la coquine ! Peut-on avoir le sommeil si dur ! J'aurais répondu sur ma tête de la sagesse de cette fille-là. — Mais, repartit le chevalier, vous n'auriez point eu tort ; mademoiselle votre nièce faisait une fille aussi sage qu'une autre. — Comment, morbleu ! vous appelez sage une fille qui s'abandonne à un faquin de clerc... — Hé ! sait-on ce que l'on fait quand on dort ? Dès que la raison et le jugement ne sont point de la partie, toutes les actions sont indifférentes : or vous savez que dans le sommeil on extravague plus qu'on ne raisonne... — A la bonne heure ! interrompit l'homme de chicane, il est tout simple d'extravaguer en dormant ; mais que l'on fasse des enfants sans s'en apercevoir, c'est ce qu'on ne me persuadera point. — Vraiment, répondit Commode, je ne dis pas que votre nièce ne se soit point aperçue de quelque chose ; mais la besogne était déjà si avancée lorsqu'elle s'avisa de le sentir qu'il y aurait eu du ridicule à elle de vouloir l'interrompre.

Le chevalier avait à peine cessé de parler qu'on heurta à la porte du cabinet. C'étaient plusieurs aimables de la noce qui, s'impatientant de ne pas voir les nouveaux mariés, les plaisantaient à travers la serrure et leur lâchaient mille jolies petites saillies bourgeoises sur la longueur de leur tête-à-tête.

Commode, qui n'avait plus rien, ou très peu de chose à dire, n'ayant entendu que le jargon barbare des coutumes, pendant qu'il était chez le procureur, fut charmé d'avoir un honnête prétexte de se taire. Il voulait prendre congé de monsieur et de madame ; mais on le retint de force, et il fût du souper. On prétend même que la procureuse trouva le moyen de l'introduire dans sa chambre, et que, tandis que reposait le bonhomme, à qui l'on avait eu la précaution de faire prendre un breuvage soporatif, ils veillèrent tous deux au grand contentement l'un de l'autre.

Cependant le chevalier, aspirant au bonheur de revoir ses foyers, comme un Picard qui a la maladie du pays, repartit quelques jours après, malgré les larmes de la procureuse et les promesses qu'elle lui fit de l'épouser aussitôt qu'elle aurait expédié son nouveau mari.

Le destin avait arrêté qu'il retournât à ses premières amours ; et la fée Printanière devait être la récompense de toutes les peines qu'il avait souffertes pour elle.

Le célèbre auteur de l'Almanach de Liège, homme digne de foi, si jamais il en fût, assure qu'il la retrouva fidèle. Quoi qu'il en soit, Crapaudine consentit à leur mariage, à condition néanmoins que Commode, avant toute chose, réparerait amplement la faute qui avait causé ses disgrâces. Le pas était glissant ; il y avait tout à craindre qu'il ne faillît encore. Printanière, qui savait qu'à toutes sortes d'exercices un peu d'habitude est nécessaire (elle ignorait, sans doute, que la procureuse y avait pourvu), se hâta de lui donner quelques leçons, puis, lui ayant fait prudemment avaler une demi-douzaine d'œufs frais, avec deux cuillerées de garus, elle le conduisit chez Crapaudine.

La princesse avait eu soin de se précautionner d'un double lacet pour soutenir le poids immense de sa gorge, soupçonnant que la chute imprévue d'une aussi grande quantité d'appas pouvait jadis avoir causé au chevalier la distraction dont elle l'avait puni si rigoureusement.

Elle était mise à ravir, coiffure en papillon, croix à la dévote et pendeloques de strass, robe et jupon de taffeta, gorge de pigeon en falbalas, chaussure à l'anglaise, panier du Pont-au-Change, et tant de jolies choses relevées par deux grandes mouches sur les tempes avec un petit œil de vermillon.

Commode ne put s'empêcher de faire un éclat de rire, la voyant ainsi parée. Heureusement, Son Altesse, qui avait très bonne opinion d'elle-même, attribua ce mouvement de gaieté au plaisir qu'il avait de la revoir. De manière qu'il fut très bien accueilli. Enfin, grâce au garus et aux œufs frais, il obtint son pardon ; et deux jours après, son mariage ayant été déclaré avec Printanière, Crapaudine, pour l'attacher à sa maison, créa la charge de grand sarbacanier de la couronne, dont elle le revêtit à cause des talents extraordinaires qu'il avait montrés autrefois pour le noble exercice de la sarbacane.

FIN

LA

BELLE SANS CHEMISE

OU

ÈVE RESSUSCITÉE

Londres, 1797

INTRODUCTION

La Belle sans chemise est la réimpression exacte d'une historiette libertine parue pour la première fois en 1683 sous le titre suivant :

Eve ressuscitée *ou la Belle sans chemise, aventures plaisantes. Cologne (Hollande. A la Sphère), 1683, petit in-12.*

C'est en 1797 et 1798 qu'elle fut publiée sous le titre que nous avons repris, et ornée de figures gravées par Bovinet, d'après Chaillou.

Depuis elle a reparu en 1872, à San-Remo, chez J. Gay et fils, avec un frontispice ; à Bruxelles, chez Gay et fils et Doucé, en 1882, avec un frontispice de Chauvet ; à Bruxelles, encore en 1883, chez Auguste Brancart, avec un frontispice de Van Buyck.

On n'a jamais pu déterminer l'auteur de cette plaquette, dont plusieurs éditions n'ont pas épuisé le légitime succès.

Voir *Bulletin du Bibliophile*, année 1863, page 254.

LA BELLE SANS CHEMISE

Angélique était une de ces belles malheureuses, dont la vanité ridicule d'une mère qui voulait paraître jeune à l'âge de cinquante ans, sacrifia l'amoureuse jeunesse aux horreurs d'un cloître, pour ne garder auprès de soi qu'une cadette âgée de dix ans, qu'elle idolâtrait et qu'elle faisait passer pour son aînée.

Lyon, une des plus florissantes villes de France, qui l'avait vue naître dans un château à une lieue de ses murailles, n'eût pas plus tôt découvert en elle des charmes extraordinaires, qu'il lui suscita des adorateurs.

Il y avait à peine un mois que la mère de cette fille avait pris le petit deuil, l'année depuis la mort de son mari étant expirée, quand, rentrant dans le monde, ses grands biens lui attirèrent encore les yeux de plusieurs prétendants. Un de ceux-ci, qui recherchait plutôt son bien que sa personne, et dont elle devait considérer la naissance et la bonne mine, l'ayant flattée un jour d'être encore jeune, elle crut que ce serait le devenir en effet, que d'éloigner d'elle une fille de dix-neuf ans, dont l'âge démentait les sentiments de ce flatteur intéressé, et dont les charmes naissants effaçaient les restes d'une beauté plâtrée.

Cette mère eut d'abord toutes les peines du monde à porter Angélique à la retraite. Cette belle voyait les compagnies et vivait, depuis quelque temps que sa mère avait choisi Lyon pour le lieu ordinaire de sa résidence, dans cette liberté honnête dans laquelle sont élevées en France la plupart des personnes de qualité.

Quelques promesses avantageuses que cette dame pût faire à sa fille, elle ne pouvait lui inspirer l'amour de la solitude. Angélique voyait un cavalier à qui elle faisait ses confidences, qui lui suggérait bien d'autres sentiments, et qui, connaissant que ses inclinations étaient portées au mariage, entretenait toujours ses feux et lui répétait sans cesse qu'il connaissait assez sa complexion pour croire que, si elle était assez folle pour répondre aux désirs de sa mère, elle deviendrait la proie d'un funeste désespoir.

Plus cette mère passionnée trouva de résistance de la part de sa fille et plus elle s'opiniâtra à la faire résoudre, jusqu'à employer pour la réussite de son dessein toutes les voies injustes qu'elle crut en devoir faciliter l'exécution. Elle ne se contenta pas un jour de lui donner un soufflet, en la présence de son amant, à l'occasion d'un chat qui avait fait tomber quelques porcelaines de prix de dessus un cabaret, elle la traita d'une manière encore plus indigne le lendemain, qu'elle divertissait toute une illustre compagnie qui honorait une collation dont elle était privée, jusqu'à la faire lever de table avec la dernière confusion. Cent duretés de cette nature n'étant pas capables de changer le cœur d'Angélique, cette mère déraisonnable s'avisa d'un dernier moyen, qui fut d'aller tenter son confesseur, qu'elle conjura de vouloir engager sa fille à lui obéir et à prendre le voile.

Quoique le jésuite à qui elle s'adressa pour

cet effet, nommé le père Stanislas, fût un de ceux de cette société dont la morale est fort commode, la crainte qu'il eut de perdre une si jolie dévote et une fille spirituelle, dont la jeunesse le sollicitait agréablement de temps en temps, fit qu'il ne donna pas d'abord dans le sens de cette veuve. Il est vrai qu'il ne la rebuta pas absolument et qu'il ne se défendit pas de vouloir employer ce qu'il avait de crédit sur l'esprit d'Angélique pour obtenir son consentement ; mais il lui représenta que cette affaire était de la dernière conséquence ; qu'elle ne pouvait recevoir que de Dieu seul la vocation à la vie religieuse, et qu'il serait le plus criminel de tous les directeurs s'il la forçait à se déterminer à un choix qui devait toujours être libre ; que cependant il ferait tout son possible pour la disposer à embrasser ce genre de vie.

Dès la première fois qu'Angélique alla rendre compte de l'état de sa conscience à ce directeur prévenu, il lui insinua la disposition de sa mère et lui fit connaître avec tant d'éloquence que la vie religieuse était la plus tranquille et le plus sûr moyen d'aller à Dieu qu'il eût ébranlé sa résolution, si le rang de cette jeune fille eût été moins bouillant et si l'âge, de concert avec la jeunesse, n'eût effacé de son esprit les pieuses impressions qu'il avait reçues. Tout ce qu'il put obtenir d'elle fut qu'elle lui viendrait tous les jours rendre visite.

En effet, elle venait voir tous les jours ce bon père, et ce fut par les puissantes exhortations de cet habile homme, jointes aux mauvais traitements qu'elle éprouvait de la part de sa mère, que cette fille conçut l'aversion pour le monde et se résolut de céder à la persécution. Angélique prit donc enfin le parti de la retraite et alla postuler chez les Ursulines, où elle fut reçue au nombre des novices et fit profession l'année du noviciat expirée.

Elle n'eut pas plus tôt prononcé les vœux que la nécessité lui faisait faire qu'elle s'en repentit, ainsi qu'elle me l'a raconté elle-même dans le récit fidèle qu'elle m'a fait de ses aventures. Elle devint la proie d'un chagrin étonnant, qui lui faisait avoir tous les exercices réguliers en horreur, en sorte que toutes les pratiques du cloître lui devinrent un supplice.

Sa mère, qui fut avertie de l'état pitoyable où une profonde mélancolie l'avait réduite, alla prier le père Stanislas, auteur de sa vocation, de lui aller donner tous les avis nécessaires à son repos. Ce père l'entretient tous les jours au parloir, flatte tous ses désirs et lui promet de faciliter son changement, sur ce qu'elle lui témoignait de vouloir passer en un autre monastère.

En effet, il sollicita puissamment l'archevêque de donner les mains à sa sortie ; mais comme elle eût été scandaleuse et eût tiré à quelque conséqence, ses poursuites furent sans effet ; refus qui l'irrita tellement qu'il entra dans des sentiments d'aversion pour son prélat et de pitié sur l'état déplorable de la nouvelle professe.

Quelques étroites que fussent d'abord ses intentions et de quelque motif de charité qu'il parût d'abord animé, les larmes d'Angélique le touchèrent enfin, de sorte qu'il se résolut de la tirer de son esclavage. Il n'était pas cependant fort aisé à ce père de seconder la résolution où était cette fille de s'affranchir de sa servitude et de rompre ses fers. Il est vrai qu'il s'était acquis une réputation de sainteté ; que les parloirs lui étaient ouverts à toute heure ; mais outre que les murs du jardin étaient fort élevés, c'était beaucoup oser et exposer sa vie que d'enlever une fille sur les démarches de laquelle on veillait fort exactement.

A force de méditer, cet hypocrite trouva de

sûrs moyens d'exécuter son pernicieux dessein. L'amour qu'il concevoit de jour en jour pour cette aimable religieuse, et qui s'empara fortement de son âme, lui suggéra l'expédient que je dirai.

Angélique, que la mélancolie dévorait, tomba malade jusqu'à garder le lit. Notre jésuite fut introduit dans sa chambre, pour lui apporter tous les secours nécessaires dans l'extrémité où une fièvre lente l'avait réduite. Ce fut lorsque la communauté se fut retirée pour laisser lieu à leurs secrets entretiens, qu'Angélique osa témoigner à son directeur qu'il répondrait devant Dieu de la violence qui lui avait été faite ; qu'elle n'avait jamais eu de véritable vocation, et qu'il était obligé en conscience de lui procurer sa première liberté.

Ce discours, qu'elle accompagnait de quelques larmes et d'une certaine langueur, aurait eu des charmes pour notre jésuite, quand elle ne l'aurait pas animé par l'exposition de quelques nudités capables d'allumer les flammes dans le cœur des plus insensibles.

Je ne sais pas précisément ce qu'il répliqua à cette pressante et naïve déclaration ; mais il est certain qu'il jura qu'il était sensible et que si l'assurance de recouvrer sa liberté avait assez de vertu pour lui rendre sa santé, elle devait être persuadée qu'il lui prêterait tous les secours dont il serait capable, pourvu qu'elle voulût protester qu'elle lui serait fidèle et qu'elle le suivrait partout où leur bonne fortune les conduirait.

La sœur Angélique ne lui eût pas plus tôt fait des protestations d'une inviolable fidélité, et le père plus tôt embrassée et passé à quelque autre petite liberté, que le visage de cette belle reprit sa sénérité ordinaire et qu'elle se porta mieux.

Il jugea néanmoins à propos, pour avoir la liberté de la pouvoir entretenir aussi privément dans la suite, qu'elle contrefît la malade ; ce qu'elle exécuta avec assez de vraisemblance pour surprendre la crédulité de ses sœurs.

Il est assez difficile qu'une personne qui est dans une parfaite disposition feigne une maladie. Aussitôt qu'Angélique parut convalescente, ils furent privés l'un et l'autre de la satisfaction de s'entretenir de leurs communs projets. Elle feignit une rechute et contrefit la rêveuse, ce qui donna plus que jamais lieu d'appréhender pour elle. Le directeur fut rappelé et ce fut après avoir conféré quelque espace de temps qu'ils arrêtèrent ensemble qu'ils devaient chercher l'occasion favorable à leur évasion.

Sur ces entrefaites, l'archevêque ayant eu avis, par la voie de quelques faux frères jaloux, que le père Stanislas était toujours à l'oreille d'une religieuse qui n'était pas si proche de la mort, mais qui, au contraire, se portait passablement bien, fit savoir au recteur qu'il désapprouvait les fréquentes visites du père ; ce qui fut cause que l'entrée du cloître lui fut absolument interdite.

Le jésuite passionné, qui était tout préparé aux défenses qui lui furent faites, avait prévenu son amante de ce qu'il prévoyait lui devoir arriver et l'avait assurée qu'elle saurait sa véritable disposition par un billet de sa main qu'il glisserait dans un bâton creux, dont saint Pancrace usait dans ses voyages, qui est une relique fort considérable chez eux, et qu'ils tiennent avoir la vertu de tirer une personne de la langueur qui suit ordinairement la maladie. Angélique ne se plaignant plus que de cette langueur, ce bâton miraculeux lui fut envoyé, à la sollicitation et par les mains de son directeur, qui y fit rentrer ce billet, dont j'ai tiré la copie sur l'original :

Billet du père Stanislas
à la sœur Angélique

« Je suis, ma chère enfant, dans de continuelles appréhensions pour vous. Il n'y a point d'heure pendant le jour que je ne pense aux moyens sûrs de vous affranchir, et point de nuit que je ne vous embrasse. Si la grandeur de votre amour répond à l'excès du mien, je ne doute point que vous ne goûtiez quelques doux moments. Dans peu nos plaisirs auront leur consommation. Courage, mon cher cœur ; l'espérance d'un bien certain a quelque chose de bien doux ; une idée flattée agréablement a de quoi satisfaire. Je l'éprouve à votre sujet, et je souhaiterais vous en pouvoir faire naître une assez chatouilleuse pour vous faire goûter par anticipation la douceur des divertissements qui nous attendent et qu'un bon dessein nous prépare. Je ne doute point, si vous m'aimez, que de si sincères déclarations n'aient plus de force pour le rétablissement de votre santé que ce bâton n'a de vertu que pour guérir. L'imagination fait souvent plus de miracles que la foi. Cher ange, adieu. »

Ce savant avait raison d'avancer que l'imagination a plus de force qu'un bâton n'a de vertu. Elle fit, en effet, des miracles ; car la sœur Angélique n'eut pas plus tôt fait la lecture de ce billet qu'elle sortit de sa faiblesse, quoiqu'elle feignit toujours de la langueur. Elle plaça ce bâton opérateur de prodiges à la ruelle de son lit et passa, dès le même soir qu'elle l'eut reçu, deux heures de temps à lire et à relire le billet, et y fit réponse par la lettre qui suit :

Lettre de la sœur Angélique
à son directeur

« Je ne sais, mon cher père, si votre bâton miraculeux a fait peur au reste de mes infirmités ; mais il est certain que je ne l'eus pas plus tôt entre mes mains que je ressentis un soulagement. Il n'y a point de recette de médecin qui ait mieux opéré que votre billet ; il me console, me conforte et me flatte du plus solide espoir dont je fus jamais nourrie. Songez à exécuter vos promesses. Je suis prête à tout entreprendre et disposée à vous accorder tout. Il me vient dans l'esprit un dessein que sans doute vous ne désapprouverez pas. Comme, en quelque endroit que le sort nous conduise, nous goûterions des plaisirs imparfaits sans argent, je trouverais fort à propos que nous tâchassions d'en faire une bonne somme. Travaillez-y de votre côté ; car du mien je jette les yeux sur quelque chose de grand prix qui ne saurait m'échapper. J'aspire à cet heureux moment, que vous assurez devoir vous rendre heureux, avec la même impatience avec laquelle vous désirez de jouir de la fidèle

« Angélique ».

Notre malade volontaire garda deux jours le bâton, qu'elle remit elle-même entre les mains de son directeur, qui le reçut avec le dernier respect, et en tira la lettre ci-dessus, qui lui ouvrit les yeux sur tout ce qui était dans la maison, de bonne et facile prise. Il rêva plus de quinze jours aux moyens de faire son coup, pendant l'espace desquels il fut privé de la conversation de sa fille spirituelle.

Elle n'était pas moins impatiente que lui de recevoir de ses nouvelles, et c'est ce qui la fit prendre le parti de feindre derechef son premier abattement et faire solliciter le père Stanislas de lui obtenir pour le lendemain encore l'usage du saint bâton. Il n'eut pas de peine d'impétrer cette grâce du recteur. Il y fit entrer à son ordinaire le billet qui sert de réponse à sa lettre. Voici son contenu :

Billet du père Stanislas

« Je ne sais quel est l'esprit qui vous inspire ; mais je vous avoue que vous imaginez comme moi. Nous ne pourrons jamais réussir sans le secours de quelque argent ; nous avons des pierreries pour une somme considérable en dépôt, qui sont tout à fait à ma disposition, et sur lesquelles je mettrai la main, comme j'espère la mettre un jour sur la chose du monde la plus précieuse. Ce sera quand il vous plaira, aimable enfant ; faites-moi seulement savoir le jour et l'heure que vous pourrez faire quelque fortune, et que vous pourrez vous rendre, sans être aperçue, au coin de votre petit jardin, où une échelle que je porterai sera d'intelligence avec nos desseins. Jusqu'à cet heureux moment, belle, adieu. »

Cette lettre d'avis combla de joie la pauvre Angélique, qui veilla toute la nuit aux moyens de se conformer aux résolutions de son père amant. Elle jeta les yeux sur quelques petits reliquaires d'or garnis de pierreries et un voile de calice en broderie, semé de grosses perles orientales qui pouvaient bien faire ensemble la somme de deux mille écus. Comme il lui était facile à toute heure de se saisir de ces riches dépouilles, elle écrivit par la voie du bâton au père Stanislas qu'il ne dépendrait que de lui de déterminer le jour de leur fuite.

Le bâton ainsi garni de ce beau billet, une dame de la première qualité, proche parente de l'archevêque, étant tombée malade et ayant beaucoup de foi à la vertu du bâton, le fit demander. Le sacristain du collège alla le retirer au nom du père Stanislas et le remit avec beaucoup de respect, entre les mains de la personne affligée. S'il ne fit aucun effet, peut-être que le billet à qui il servait de couverture lui dérobait de sa vertu. Cette dame le garda si longtemps que notre jésuite n'eut pas la satisfaction d'en apprendre la teneur, outre qu'il était dans de mortelles appréhensions que son commerce ne fût découvert.

Rien ne fut cependant révélé, et le bâton de saint Pancras sert encore peut-être aujourd'hui de fourreau à ce plaisant écrit.

Cette réponse ayant échappé des mains de notre hypocrite, il hasarda d'aller demander au parloir du confessionnal sa fille spirituelle, à qui l'on accorda la liberté de l'aller entretenir sous le voile du sacrement aussi longtemps qu'il voulut. Ce fut là qu'ils eurent la commodité de se dire cent choses tendres, de se parler à cœur ouvert et de conclure qu'ils devaient après leur sortie se retirer à Genève. Mais de peur que de trop fréquents entretiens au confessionnal ne fissent naître quelques soupçons, Angélique avertit le père de la venir demander au parloir commun trois jours après, où en la présence de la sœur Ecoute, elle lui ferait présent d'un *agnus*, dans lequel serait renfermé le billet qui lui marquerait précisément l'heure qu'elle serait en état de s'évader. Il ne manqua pas de se rendre à la grille au jour assigné où il reçut des mains de sa fille l'*agnus* qu'il n'eut pas plus tôt pris, que la sœur qui accompagnait, le lui ayant emprunté pour le considérer, eut toutes les peines du monde à le lui rendre, persuadée qu'il était plein de reliques, ce qui lui fit changer bien des fois de couleur.

Le père, de retour en sa cellule, décousit l'*agnus* et connut par le billet que le dessein de sa fille était de sauter les murs, dès le même soir, environ sur les neuf heures. Il mit ordre à ses affaires en diligence, se nantit de la boîte de joyaux qu'il tenait en dépôt, sortit furtivement par la porte du collège, et alla trouver un chevalier d'industrie, qu'il savait lui devoir prêter la main à l'enlèvement de la religieuse, à l'appétit d'une pièce d'argent. Il trouva ce bon dégoûté tout disposé à lui rendre service ; il le vêtit d'un de ses habits.

Ils burent autant qu'il était nécessaire pour n'être pas timides, et se rendirent ensemble à l'heure prescrite vers le coin du petit jardin des Ursulines, d'où ils entendirent tousser la sœur Angélique, qui leur marquait par ce signal qu'elle était là.

La précipitation ne leur ayant pas donné le temps de penser à une échelle de corde, l'adresse du chevalier lui suggéra d'aller chez lui ficher deux douzaines de grands clous le long d'une grande gaule, à la faveur de laquelle, ayant monté jusque sur le mur, il s'y assit, passa cette échelle de nouvelle invention de l'autre côté, par laquelle monta et redescendit notre belle fugitive, qui fut conduite au logis de cet homme de bonne volonté, où elle se dépouilla de ses habits pour se revêtir d'une robe modeste et fort propre à favoriser son évasion.

Quoiqu'il soit difficile d'expliquer les transports de joie de l'un et de l'autre ; de celle-ci de se voir libre, et de celui-là de se voir sur le point de jouir des embrassements de cette aimable fille, il ne se passa cependant, ce soir-là, rien de contraire à l'honnêteté. Ils couchèrent dans des lits séparés, résolus de partir le lendemain de grand matin.

Tout était dans le silence alors que l'hôte, grand fripon de sa profession, alla au lit d'Angé lique, s'assit auprès de son oreiller et lui tint à peu près ce discours :

« Je ne suis point étonné, madame de votre résolution. Je sais que la seule passion d'une mère vaine vous a mise aux fers ; toute la province louera l'action généreuse que vous faites aujourd'hui. Mais je suis surpris au dernier point de voir qu'il semble que vous vouliez vous livrer entre les bras d'un jésuite, d'un prêtre, de votre père spirituel, d'un homme enfin que le malheur accompagnera partout. Je ne vous blâme pas d'avoir travaillé à votre affranchissement, mais il n'y aura pas un homme, quelque libertin qu'il puisse être, qui n'improuve que vous vous abandonniez à la passion d'une personne qui porte un caractère dont il se montre indigne et qui sans doute ne vous aura pas plus tôt abusée qu'il fera suivre le meurtre à un inceste sacrilège. Si j'étais capable de vous donner quelques bons avis, ce serait de commettre le soin de votre personne à quelque cavalier capable de vous rendre partout de bons offices, et si je ne craignais de parler par un motif d'intérêt, je vous ferais offre de mon bras, de ma fortune et de tout moi-même. »

Ce discours que ce rusé accompagnait et assaisonnait d'une douceur d'yeux et d'une composition de visage aisée, fit quelque impression sur l'esprit d'Angélique. N'ayant jamais aimé et témoigné de retour à la passion du jésuite que par des raisons d'intérêt, et n'étant pas dans la résolution de le suivre longtemps, elle répliqua à cet obligeant cavalier qu'elle était infiniment redevable à la civilité de ses offres ; qu'elle goûtait ses raisons et que si elle croyait mériter son estime, elle se sacrifierait entière à lui dans un pays où il lui serait permis de disposer de sa foi et de sa liberté.

Quoique Angélique ne fût pas si fine que ce cavalier était adroit, et qu'elle n'eût pas envie de le mener bien loin, elle crut qu'il était de la politique, et que son dessein lui suggérait de se servir de lui dans la présente conjoncture des choses ; c'est ce qui la porta à lui donner sa main et à lui protester que, puisqu'il la voyait dans la résolution de lui vouloir rendre de bons offices, elle partageait avec lui ce qu'elle espérait obtenir des libéralités du jésuite.

Ces amants de nouvelle date se donnèrent donc mutuellement la main et un baiser là-dessus, et ce fut ensuite de cette privauté que ce cavalier affamé dit à la sœur Angélique qu'elle devait bien ménager les choses ; que le père, sans doute, avait de l'argent, et qu'elle devait tellement feindre de s'attacher à lui qu'il la rendit la dépositaire de tout son butin, par l'appréhension qu'il ne l'abandonnât dans la suite. Ce qu'ayant promis d'exécuter, elle dit à ce nouveau favori qu'il devait s'offrir de les venir conduire jusqu'à Chambéry, et que là ils aviseraient de la manière dont ils se déferaient du père.

Tout ceci bien concerté, l'hôte cavalier se retira après avoir donné quelque liberté à ses mains, qu'Angélique souffrit pour ne pas effaroucher une personne dont elle avait besoin et qui la pouvait perdre.

Il n'était pas encore cinq heures sonnées quand notre cavalier éveilla ses hôtes. Il loua des chevaux, on déjeuna et on partit avant la pointe du jour. Jusqu'à Chambéry, tout alla au gré des désirs des uns et des autres. Jamais belle humeur ne fut semblable à celle de notre jésuite, qui n'était occupé que de la pensée des plaisirs qu'il se promettait dans la jouissance d'Angélique.

Mais, hélas ! de quoi ne sont pas capables l'intérêt et l'amour !

Dès le même soir qu'ils furent arrivés, le cavalier et notre belle eurent ensemble une conversation secrète où ils jugèrent la perte du jésuite.

Ce faux ami était d'avis que pour la punition de son crime il devait être livré aux pères de la Société, et il était fort en disposition de lui jouer ce mauvais parti si Angélique, plus compassive, n'eût contrarié ce dessein et n'eût jugé à propos de se contenter de le dépouiller de ce qu'il avait emporté avec lui.

Ce fut pour réussir à petit bruit dans ce dessein qu'étant couchée dans une même chambre où il y avait trois lits, elle s'approcha, aussitôt que la chandelle fut éteinte, de celui du père, le baisa, lui fit cent douceurs, la tête appuyée sur son chevet, lui fit mille protestations de fidélité et le conjura de vouloir lui donner des gages et des assurances de la sienne.

Notre jésuite, qui ne prévoyait pas où elle en voulait venir, lui dit tout ce que la tendresse lui suggéra en ce moment ; et sur ce que feignant de répandre des larmes, par la crainte qu'un jour il ne la laissât seule en proie à son désespoir, elle lui demanda une amitié ; il jura par son Dieu qu'elle ne pourrait rien lui demander qu'il ne lui accordât incontinent. Cette amante contrefaite fit d'abord difficulté de vouloir s'expliquer ouvertement ; mais il la sollicita avec tant d'instance de lui ouvrir son cœur qu'elle lui avoua qu'elle ne serait point en repos qu'elle ne fût la dépositaire des vingt mille francs en bijoux qu'elle savait qu'il portait avec lui.

Cet homme, qui croyait qu'elle en agirait de bonne foi, ne se fit pas tirer l'oreille. Il tira d'une poche qu'il avait cousue exprès à son caleçon la boîte en question et la lui mit entre les mains, comme un gage de son amour et de sa fidélité.

Angélique n'eut pas plus tôt tiré ce précieux dépôt de ses mains qu'elle lui souhaita une bonne nuit et s'alla remettre au lit. Quoiqu'elle ne fût pas des plus adroites du monde, elle ne laissa pas d'ôter de cette boîte ce qu'il y avait de plus précieux. Elle n'y laissa que pour environ deux mille francs de pierreries, comme un os qu'elle voulait jeter à la gueule du cavalier, qu'elle avertit le lendemain de ce qu'elle avait fait.

Notre jésuite, dépouillé d'un trésor sur lequel il fondait toutes ses espérances, n'abandonnait que le moins qu'il lui était possible celle qui le possédait.

Le cavalier, qui s'aperçut qu'il lui tenait toujours une fidèle, mais incommode compagnie, eut assez de peine à trouver le temps d'entretenir Angélique en particulier. Ils avaient déjà fait trois ou quatre jours de résidence à Chambéry quand, allant entendre de compagnie un célèbre prédicateur, ils se divisèrent dans la foule, de sorte que le cavalier put cependant prendre place auprès d'Angélique. Ce fut au milieu de cette confusion qu'ils mirent ordre à leurs affaires et qu'ils conclurent de laisser le jésuite dès le moment entre deux selles, le cul à terre.

Tout favorisa leur dessein.

Celui-ci, qui était demeuré derrière, étant obligé de sortir des premiers, et croyant que les autres dussent sortir par la même porte par laquelle ils étaient entrés, fut vilainement trompé dans son attente.

Notre cavalier et sœur Angélique sortirent par un autre endroit et se dérobèrent en peu de temps à la vue et aux poursuites du jésuite dupé.

Je laisse à juger de l'étonnement de ce misérable, qui attendit vainement nos gens à l'auberge, où il avait à peine de quoi payer son compte. Quelque extrême qu'ils jugèrent son désespoir, ils n'eurent point assez de charité pour aller le consoler dans cette extrémité ; ils le laissèrent en proie à de cruels repentirs, et je crois qu'il y a peu d'esprit fort qui ne perde quelque chose de son égalité dans une rencontre si mortifiante.

Mais suivons Angélique et notre faux ami jusqu'aux portes de Genève, où il se passa entre eux quelque chose digne d'être raconté.

Ce cavalier, pendant le reste de la route de Chambéry à Genève, n'entretint Angélique que de l'excès de sa passion. Il ne se rencontra sur le chemin aucun cabaret et aucun lieu commode où ils ne missent pied à terre et où il ne la priât de vouloir seconder ses feux.

Elle, toujours, de résister, de lui donner de bonnes paroles et de lui promettre de lui accorder tout à Genève et de lui faire enfin comprendre qu'elle n'était dans la résolution de s'abandonner à lui qu'après que le magistrat et l'Eglise auraient autorisé leurs union.

Comme les désirs s'irritent par la résistance, plus Angélique se défendait de répondre à l'impureté de ses désirs, plus il la sollicitait de lui accorder la dernière faveur. Il en vint même jusqu'à un point d'insolence que de la vouloir forcer en passant par un petit bois où ils avaient mis pied à terre pour prendre un moment le frais.

Angélique, s'imaginant avec quelque fondement qu'il ne l'inquiétait de la sorte que pour tirer d'elle quelque argent, lui proposa, en cas qu'il voulût se donner la peine de la conduire jusqu'à Genève, la moitié des pierreries dont elle avait dépouillé le jésuite.

A cette proposition, notre chevalier d'industrie ouvrit les oreilles et accepta l'offre ; mais comme il appréhendait de n'être pas si absolu sur cette fille lorsqu'elle se serait jetée entre les bras des magistrats de cette ville, qu'il était son maître en campagne, ils ne furent pas plus tôt arrivés au bourg nommé la Roche, distant de deux lieues de Genève, qu'il feignit de vouloir se séparer d'elle sous prétexte que ses affaires ne lui permettaient pas d'être plus longtemps absent de chez lui.

Angélique reçut cette déclaration avec une tristesse apparente et lui mit entre les mains la boîte, qui contenait encore bien la valeur de deux mille francs en joyaux, après en avoir tiré une bague seulement, du prix de trente pistoles, qu'elle dit lui devoir servir pour se procurer quelque établissement.

Notre cavalier ainsi nanti, et qui ne se persuadait pas que cette fille eût été assez artificieuse pour lui cacher rien de ce qu'elle pouvait posséder, la remercia fort civilement et la conjura de vouloir passer en ce village deux ou trois jours avec lui, parce qu'il lui était extrêmement sensible de se séparer d'elle. Elle y consentit comme par force, se défiant toujours des offres d'un si perfide ami.

Mais, hélas ! que cette résidence lui coûta de larmes ! Cet homme devint plus passionné que jamais. Il la pressa vivement et ne lui donna aucun repos jusqu'à ce qu'elle lui accordât quelques liberté qu'elle croyait devoir amortir ses feux.

Mais ce moyen lui fut préjudiciable. Son feu

s'alluma, ses flammes s'accrurent, et ce fut pour chercher un prompt remède à un mal aussi impatient qu'était le sien qu'il s'emporta jusqu'à la menacer de la livrer à la justice du bras séculier, comme apostate et ayant commis de sacrilèges larcins, si elle se défendait plus longtemps.

Si jamais fille se vit embarrassée, ce fut Angélique. Il ne dépendait que de ce traître de la perdre. Elle se serait sans doute rendue à ses désirs lascifs si un reste de pudeur, qui était forte dans une fille de son âge et nouvellement sortie d'une école de chasteté, n'eût prévalu et n'eût opposé un torrent de larmes aux souhaits de cet enragé.

Dieu permit cependant que ce furieux lui donnât quelque trêve et que sa passion fût moindre que sa compassion. Il prit de l'amour pour une jeune paysanne, servante du cabaret où ils étaient logés, et qui, selon toutes les apparences, n'était plus novice en matière de badinage.

Cette fille, qui n'était point laide et qui lui permettait tout à l'appétit de quelque argent, ne lui fit pas oublier absolument les charmes d'Angélique : elle ne fit que les lui dérober quelques jours.

Il n'eût pas plus tôt pris une fois ou deux ses plaisirs avec cette fille de chasteté moyenne qu'il ne l'aima plus avec tant d'ardeur et qu'il souhaita plus que jamais les embrassements d'Angélique, à qui il ne donnait aucun repos. Il est vrai qu'il la sollicita en vain, et qu'elle lui déclara en un mot qu'elle préférait d'être livrée à la violence dont il la menaçait. Ce fut après l'avoir tentée inutilement par toutes les voies de douceur et de rudesse qu'il s'avisa d'un plaisant moyen de satisfaire sa passion sur Angélique, sans en obtenir la dernière faveur.

Voici le récit de l'aventure :

Notre amoureux vint trouver sur le soir Angélique, lui dit d'un air fort triste qu'il ressentait le dernier déplaisir de se voir obligé, par la nécessité de ses affaires qui le rappelaient, de quitter en elle la personne du monde pour laquelle il avait le plus d'amour et d'estime. Il but avec elle et ne la vit pas plus tôt en belle humeur qu'il lui demanda si elle n'était pas résolue de lui accorder pour la dernière fois tout ce qui était du badinage amoureux, pourvu qu'il ne passât point à la dernière faveur.

L'habitude qu'ils avaient de folâtrer ensemble ne lui permettant pas de ne pas entendre à une proposition qui ne l'engageait tout au plus qu'à quelque chose de plus libre que par le passé, elle lui jura qu'elle lui accorderait, *quoniam bonus*, réservé l'usage de tout le reste.

Dès qu'elle lui eut donné sa parole, cet homme voluptueux appela la servante, lui mit de l'argent dans la main, la renversa sur le lit, fit coucher auprès d'elle Angélique, obligea celle-ci de lui ouvrir son sein, leva la jupe et la chemise de l'une et de l'autre, et s'étant couché un peu de travers sur la servante, ayant placé une de ses mains sur les tétons d'Angélique, et l'autre sur... et appliqué sa bouche sur la sienne, il jouit de l'une et embrassa l'autre avec autant de plaisir et de sentiment que si tout le mystérieux commerce se fût passé entre Angélique et lui.

Cette nouvelle manière de goûter les plaisirs amoureux lui semblant extrêmement chatouilleuse, il retourna plus d'une fois à la charge et fit dans ce moment ressentir à la fille des douceurs si approchantes de celles qu'il goûtait qu'il est hors de doute, quoiqu'elle ne me l'ait jamais voulu avouer, qu'elle n'exhalât en ce moment quelques tendres soupirs.

Ils recommencèrent le lendemain le même branle, et ce fut après s'être rassasié et comme soûlé dans de si délicieux ébats que notre cavalier, ayant mis Angélique dans une commodité et s'étant recommandé à ses bonnes grâces, reprit la route de Lyon par un autre chemin que celui par lequel il était venu, pour éviter la rencontre du jésuite dévalisé. Angélique étant arrivée à Genève fort abattue et chagrine de se voir ainsi seule et comme perdue dans un pays où elle n'avait ni habitude, ni connaissance, s'arma contre la faiblesse de son sexe et s'abandonna à son bon destin.

L'*Aigle d'Or* fut l'hôtellerie où elle mit pied à terre. Elle y prit une chambre particulière, où elle se fit servir à manger seule plus de huit jours, au bout duquel temps elle prit une fille de chambre qui lui servait de compagne.

Comme cette hôtellerie est une des plus considérables de la ville, elle est l'abord de la plupart des personnes de qualité.

Un espèce de filou de conséquence, Italien de nation, ayant appris qu'il y avait en cette maison, depuis quelque temps, une étrangère extrêmement belle et qui faisait bonne figure, feignant d'arriver de Malte, alla loger au même endroit. Comme il ne sortait que rarement, il fut bien difficile qu'Angélique à quelque heure évitât sa rencontre.

Un jour qu'ils se trouvèrent l'un et l'autre au même lieu pour quelque nécessité, Angélique, confuse, voulant s'en retourner avec précipitation, fût arrêtée par cet Italien, qui la complimenta si à propos qu'ils se lièrent dès lors du nœud d'une amitié secrète, qui coûtera bien cher à cette pauvre fille.

L'Italien, qui passait par toute la ville pour un chevalier de Malte qui s'était rendu à Genève pour embrasser la religion réformée, fit demander à Mlle Angélique, qui se faisait nommer la baronne du Farc, dès le même soir, si elle agréerait sa visite.

Notre baronne, que l'honnêteté apparente de l'Italien avait charmée, l'admit volontiers en sa chambre. Après les compliments ordinaires, il l'entretint des raisons de son séjour à Genève, et elle l'instruisit des motifs qui l'y avaient attirée, qui se rencontrèrent les mêmes. Ils contractèrent donc connaissance ensemble, et ces mêmes desseins, qui les avaient conduits là, semblaient les devoir joindre d'une liaison intime.

La première conversation qu'ils eurent ne

passa pas plus avant, mais elle les disposa à quelques entretiens plus familiers.

Cet Italien, qui prenait la qualité de chevalier de Malte, était un moine défroqué, sorti nouvellement des prisons de Milan, ainsi qu'elle le sut depuis, qui était signalé par toute la France, l'Allemagne et l'Italie par ses friponneries insignes et la différence des qualités qu'il prenait.

Etant jeune, tout à fait bien de sa personne et fort insinuant, il surprit les inclinations de la baronne, qui commença à lui faire des demi-confidences. Leurs fréquentes communications engendrèrent une grande familiarité entre eux, qui dégénéra enfin en privauté. Il est vrai qu'elle n'allait pas jusqu'à l'abandonnement et la jouissance ; mais comme il est difficile que deux jeunes cœurs ne s'allument l'un l'autre, particulièrement lorsque le badinage est de la partie, notré chevalier passa dans la suite jusqu'à des libertés qui engagèrent fort celle de la baronne.

En effet, elle ne lui eut pas plus tôt fait montre d'une partie de ses bijoux, dont elle se para, comme de fil de perle, de pendants d'oreilles, d'un poinçon, de nœuds, de diamants et de bagues, qu'il lui fit des propositions de mariage.

Cette fille aveugle, qui n'avait aucune expérience du monde, croyant faire une bonne fortune en entrant dans l'alliance de ce cavalier qu'elle croyait devoir être considéré dans tous les cours, pour sa qualité, sa bonne grâce et son esprit, l'écouta assez favorablement.

Mais comme il leur eût été malséant de se marier avant que d'avoir embrassé une religion qui rend les unions entre semblables personnes légitimes, leur amour réciproque croissant de jour en jour, ils prirent le parti de s'en aller faire instruire des principes de la religion protestante.

Quelque peu versée que la baronne fût dans la doctrine de Genève, elle agissait de bonne foi lorsqu'elle fit abjuration entre les mains des ministres de l'Eglise de saint Pierre ; mais l'Italien était un hypocrite et du tempérament de la plupart des moines qui jettent le froc aux orties et que la luxure, une vanité mondaine et l'amour des femmes tirent du cloître. Il renonçait aux erreurs de l'Eglise romaine plutôt de bouche que de cœur, l'intérêt seul le portant à cette action ; et les desseins pernicieux qu'il avait sur la baronne donnaient le branle à ses résolutions.

Ils furent reçus l'un et l'autre en présence de

toute l'assemblée des fidèles et reconnus comme membres de l'Eglise, avec l'applaudissement de toute la ville.

Cette action célébrée, ils retournèrent au logis, où ils vécurent encore quelque temps sans se parler d'amour que des yeux.

L'Italien, dont la bourse s'épuisait de jour en jour, tant par la dépense qu'il faisait, les habits magnifiques qu'il achetait, que par les petits présents dont il tâchait d'engager le cœur de la baronne, crut, un jour qu'il la vit en belle humeur, qu'il était temps de lui ouvrir son cœur. Il lui en découvrit la disposition si pathétique qu'il la porta à tout ce qu'il voulut. Elle lui déclara une partie de ses nippes et de ses bijoux, lui dit que c'était tout ce qu'il devait attendre d'elle ; qu'elle n'avait rien à espérer de ses parents, et ajouta que, s'il était content d'une somme de dix mille francs, le prix de ses joyaux, à la vente desquels elle consentait, pouvait bien monter jusque-là, et qu'il pourrait disposer du tout ainsi qu'il le jugerait à propos.

Ce butin, assez considérable pour un chevalier d'industrie, lui fit ouvrir les oreilles. Il fit à sa maîtresse mille protestations d'amitié ; lui dit qu'il ne recherchait que sa personne et l'assura qu'avec les talents dont il remerciait le ciel de l'avoir partagé, si elle voulait vivre avec lui en une bonne intelligence, dix mille francs bien ménagés étaient capables de leur faire une fortune fort considérable.

Le malheureux dessein qu'il méditait en lui-même d'enlever en quelque jour toutes ces nippes précieuses, et en petit volume, fit qu'il ne lui parla point alors de se défaire de ses joyaux. Ils consentirent de passer par les cérémonies accoutumées et de faire publier leurs annonces par trois dimanches consécutifs.

Notre chevalier ne sollicita point la baronne que la seconde n'eût été lue, car alors il la pressa si vivement, sous prétexte que le consentement seul était de l'essence du mariage et que le reste n'était que politique, qu'elle s'abandonna à lui dès ce jour-là.

Comme ils n'avaient plus qu'un lit, ils ne firent qu'une table, et la baronne qui ne se défiait point de ce qui lui arriva, consentit à ce que son accordé fit venir des joailliers pour priser ses bijoux. Ils firent quelques offres, mais comme elles ne répondaient point aux intentions des intéressés, ils furent remerciés.

L'Italien, pour accoutumer la baronne à ne se

point défier de lui, emportait, lorsqu'il sortait, avec lui quelques pierreries (comme pour les faire voir) qu'il lui remettait entre les mains aussitôt qu'il était de retour. Il la disposa si bien, par ses hâbleries, à lui confier le tout que le samedi précédent, le jour de leur dernière annonce, il se chargea du tout, sous prétexte de le faire voir à un des magistrats de la ville.

La baronne, aveuglée par sa passion et prévenue de la bonne foi du chevalier, le laissa faire ce qu'il voulut et se mit fort peu en peine de le suivre.

Ce filou, cependant, sortit de la ville sans prendre congé de personne, chargé de cette dépouille, et s'en alla où il voulut, sans que la baronne en ait jamais eu vent ni nouvelle.

Elle l'attendit inutilement jusqu'au soir et le lendemain lui fit juger qu'elle était prise pour dupe. Toute la ville sut son désastre et mille gens qu'il avait affrontés parlèrent de ses friponneries.

Notre baronne fut longtemps inconsolable de la double perte qu'elle avait faite. Elle eut besoin de toute sa force d'esprit et des visites de plusieurs dames pieuses pour la soutenir dans son accablement. Il est vrai qu'il lui restait encore plus de douze mille francs, tant du reste des bijoux du jésuite que de l'or et des pierreries qu'elle avait enlevés de son cloître.

Mais comme elle n'était pas si peu judicieuse qu'elle ne pensât bien qu'il fallait vivre plus d'un jour, elle les réservait pour une occasion où sans doute elle pourrait en avoir affaire.

Auparavant qu'elle eût gouté les délices de la couche, quoiqu'elle fût d'un âge à ne pas être ennemie des plaisirs, elle n'avait point encore ressenti les aiguillons de ces mouvements chatouilleux qu'un sang bouillant et louable excite ; mais depuis qu'elle eut malheureusement éprouvé ces douceurs, elle était devenue si amoureuse qu'il lui était imposible de coucher seule.

Quelques dames vertueuses, appréhendant qu'une si belle fille, dans un âge si tendre, ne s'abandonnât à quelque chose qui préjudiciât à son honneur, s'intéressèrent pour elle, jusque-là qu'une des premières de la ville lui offrit sa maison pour y être nourrie et entretenue comme sa propre fille.

Elle accepta cette condition et se comporta quelque temps avec beaucoup de sagesse auprès de cette dame.

Mais la grande familiarité qu'elle contracta

avec la fille de la maison, qui était à peu près de son âge et qui avait des inclinations fort libertines, les corrompit en peu de temps toutes deux.

Elles devinrent deux confidentes et deux compagnes inséparables et s'apprirent l'une à l'autre cent petits jeux.

Notre étrangère paraissant fort ingénue, fort retenue et prude, la dame n'était jamais plus contente que lorsque la fille gardait la maison avec la baronne.

Cependant, comme dans un âge si tendre il est ordinaire aux filles de ressentir certains petits mouvements et de se découvrir ce qui se passe en elles-mêmes, elles se donnèrent si bien l'une à l'autre à connaître leur complexion, la fille, nommée Judith, expliqua si bien à la baronne ce qu'elle ressentait et les empressements où elle était d'être chatouillée, que cette savante maîtresse lui suggéra le secret des *godemichés*, si fort en usage dans les cloîtres de filles.

A la première déclaration qu'elle lui fit de ce terme, Judith lui dit qu'elle ne comprenait rien à la disposition ni à l'usage de cet instrument. La baronne railla son innocence et se fit conscience de l'en vouloir instruire. Cette fille, curieuse et impatiente, la pria si instamment de lui en vouloir déclarer le mystère qu'elle ne put se défendre de satisfaire à ses vœux.

— Le *godemiché*, lui dit-elle, est un certain instrument, petit ou gros, long ou court, selon les proportions convenables, dont celles de notre sexe se soulagent et se procurent du plaisir lorsque... leur démange ; et si vous êtes friande d'un semblable morceau, il ne m'est rien de si facile que de vous en apprendre la façon.

— De quoi se compose-t-il ? reprit l'amoureuse Judith.

— D'une pièce de velours bien cousue et bien arrondie qu'on remplit de son.

— Quel est son usage ? poursuivit-elle en riant.

— Vous l'éprouverez si vous voulez, reprit l'autre. Mettons-nous seulement en devoir de le fabriquer.

Il leur fut aisé de rencontrer du velours et le son n'est pas fort rare. La baronne enfile son aiguille et, en moins d'un quart d'heure, montra, par un échantilon, qu'elle était fort savante dans le métier de les faire. Il ne fut pas fabriqué sans que l'une et l'autre ne rît à gorge déployée. La figure de cet instrument leur fournissait des idées chatouilleuses et Judith devint impatiente de le sentir jouer son jeu.

Ce qu'elles firent de cet *instrumentum*, je m'en rapporte... Je ne sais pas s'il fut capable de leur procurer du plaisir ; mais ce que je sais, de source certaine, est que deux ou trois jours après, le *godemiché* fut trouvé dans le lit de ces deux belles, qui couchaient ensemble, par une servante qui en eut une peur épouvantable, croyant que c'était un diable.

Cette innocente fille ayant ouvert les draps et fait rencontre de cette petite saucisse de velours, courut dans la chambre voisine, où madame était, l'avertir de sa découverte.

Elle s'y transporta pour voir le monstre ; mais n'ayant osé l'approcher de près et croyant confusément que c'était une taupe, elle descendit en bas avec cette servante, fit rougir les pincettes dans le feu et appela nos demoiselles, tout éperdues du récit de la chose, pour venir assister à la prise et au massacre de l'animal, qu'on disait s'être glissé jusque dans leur lit.

Nos deux jeunes compagnes ne se doutèrent jamais de la chose, l'une s'imaginant que l'autre avait eu le soin de serrer le *godemiché*, et celle-ci ne doutant pas que celle-là ne le portât dans quelque poche secrète.

Ce qui étonna tout le monde fut que cet animal, quelque bruit et quelque mouvement qu'on eût fait, n'avait point changé de place.

Comme cela donnait matière de raisonner à la dame et à la servante, la baronne s'approche du lit, prend l'animal prétendu avec la main, et dit à celles à qui il avait causé une terreur panique qu'elles avaient peur de bien peu de chose, que leur alarme était fausse, et que ce n'était rien autre chose qu'un reliquaire rempli de son bénit, de celui dont usait à faire du pain un certain ermite qui vivait aux environs de Lyon, dans une grande odeur de sainteté.

Cette subtile réponse faite avec assurance fut prise pour argent comptant, et chacun se retira en riant, sans qu'il en fût parlé davantage que le lendemain que, le récit de l'aventure ayant été fait à table au maître du logis, il fut curieux de voir ce reliquaire qui faisait tant de peur.

Quoique la baronne l'eût sur soi, par la crainte qu'elle avait que ce genre d'instrument ne fût pas inconnu à cet homme, elle le tint caché et dit qu'étant le reste d'une superstition romaine, elle l'avait jeté au feu ! sur quoi l'envie de le voir passa.

Mais cette aventure, qui découvrait suffisamment le commerce et la grande familiarité de la baronne avec Judith, fut suivie d'une autre encore plus plaisante, qui ne donnera pas des preuves moins sensibles du point auquel montait leur privauté et leur galanterie.

Un jour qu'elles étaient en robe de chambre, sur les neuf heures du matin, qu'il faisait fort beau temps et qu'elles se croyaient seules, elles eurent une contestation sur certaines petites questions qu'elles s'étaient faites, s'il était à propos de porter les ciseaux sur certaine barbe qui croît aux parties dont la pudeur ignore le nom...

Le valet de chambre, qui les avait entendues conférer ensemble là-dessus, curieux de savoir quelle serait la résolution d'une proposition si plaisante, hasarda de se glisser doucement derrière la tapisserie de la chambre, d'où il put voir l'expérience qu'elles faisaient chacune pour appuyer leur sentiment : l'une s'étant rasée le poil ou du moins coupé fort près et l'autre l'ayant laissé tel que la nature le lui avait donné.

Elles troussèrent donc premièrement l'une devant l'autre leur chemise et se montrèrent l'endroit en question. Mais ne s'étant pas accordées, parce qu'il leur était difficile de se voir comme il faut, quelques plaisantes postures qu'elles fissent, elles s'avisèrent de monter sur les sièges, de lever leur chemise et d'exposer, l'une près de l'autre, devant un grand miroir, le pot aux roses.

Notre valet de chambre, ravi de voir de semblables merveilles, se contint le plus qu'il put pour ne point les interrompre ; mais comme la bizarrerie du sort traverse toujours la bonne fortune, une toux fâcheuse le trahit, en sorte qu'il aurait fort mal passé son temps, tant ces jeunes filles étaient animées, s'il ne se fût dérobé au plus vite à leur fureur.

Jamais Actéon ne porta tant de bois, qu'il monta de corne à la tête de cet heureux serviteur.

Il s'alla enfermer dans sa chambre pour méditer et repasser ce qu'il avait vu ; mais il n'y fut pas longtemps en repos ; car nos jeunes filles, appréhendant qu'il ne les décelât, l'allèrent prier, toutes confuses, de leur vouloir garder le secret et de ne point faire une plaisanterie de ce petit démêlé, qui peut naître sans scandale entre des filles. Ce valet de chambre leur promit le secret, et effectivement la chose n'éclata pas et en demeura là.

De semblables actions engendrèrent certaines habitudes qui passèrent bien plus loin. Le sang de ces jeunes filles s'échauffaient de jour en jour, elles ne pensèrent qu'à se faire des serviteurs.

Le fils d'un des magistrats de la ville voyait l'une et l'autre de bon œil, ce qui fit naître entre elles la plus furieuse de toutes les jalousies. Elles tâchaient de se supplanter l'une l'autre, et jamais homme d'esprit ne se vit plus embarrassé que ce favori de deux belles. La baronne passait pour la plus belle à ses yeux et Judith, cependant, emportait le plus grand poids de ses inclinations.

L'amour lui suggérait la baronne et la politique voulait qu'il eût de grands égards pour la fille de la maison.

Dans les visites fréquentes qu'il leur rendait, s'il regardait l'une plus fixement que l'autre, celle-ci entrait dans des mouvements de jalousie si prodigieux que leur faible éclata en très peu de temps.

La mère de Judith, qui appréhendait que ces filles ne devinssent la fable de la ville, remercia un jour ce jeune homme et lui interdit honnêtement sa maison. Mais, que ne fait point l'amour ? Il trouva le moyen de leur écrire à chacune en particulier, en sorte que les lettres qu'il leur adressa tombèrent entre leurs mains.

Voici la copie de celle qu'il écrivait à Mlle Judith :

« Je ne sais pas les raisons qui ont mû madame votre mère à m'interdire sa maison. Je ne crois pas avoir été capable de rien faire qui la pût déshonorer. C'est un faible moyen de rendre notre inclination réciproque, que de me défendre de vous voir. Si sa persécution continue, et que vous désiriez d'être libre, donnez-m'en sérieusement avis et vous éprouverez ce que peut l'amour du plus passionné de tous vos serviteurs. »

Et le billet qu'il écrivait à la baronne était conçu en ces termes :

« Mademoiselle,

« Celle qui m'arrache de vous devait effacer vos charmes et bannir de mon cœur les traces profondes qu'ils ont laissé. Plus je vous évite et plus vous me paraissez aimable. On croit à tort qu'étant privé de vous voir, je puisse vous oublier, si vous aimez autant que j'aime. Déclarez-moi vos véritables sentiments et soyez persuadée que je suis près de sacrifier à votre fortune, à vos plaisirs et à un affranchissement dont vous êtes la maîtresse, celle du plus fidèle des amants. »

Les piques des filles n'étant que d'un jour, elles ne purent se cacher longtemps ces billets doux. Elles s'en firent confidence et leur inclination pour la liberté, ou pour mieux dire, le libertinage, jointe aux offres que leur faisait ce jeune homme, qui était un des plus riches de la ville et qui pouvait faire une bonne somme d'argent, les fit oublier d'elles-mêmes et conclure une fuite dans laquelle elles se figuraient mille plaisirs.

Elles ne se mirent point en peine de faire réponse à leur commun serviteur en des billets séparés. Elles en concertèrent un ensemble qui lui fut rendu, qui lui marquait l'envie qu'elles avaient de l'entretenir en particulier, un dimanche au soir, au retour de l'église.

Il prit si bien son temps qu'il les sut joindre et ce fut dans l'entretien qu'ils eurent qu'elles prirent résolution de partir avec ce jeune homme, s'il pouvait emporter une somme considérable d'argent, ce qu'il leur promit de tenter.

La baronne, que rien n'arrêtait à Genève et

qui se considérait comme une aventurière qui devait suivre son destin, avait tellement prévenu l'esprit de Judith des douceurs d'une vie libre que cette innocente consentit à tout ce qu'elle voulut.

Elle lui donna tant d'horreurs de la captivité où sa mère la retenait et de si belles idées du libertinage auquel elles s'allaient abandonner qu'elle surprit sa résolution. A la crainte qu'elle lui opposait de l'inconstance des hommes particulièrement quand ils étaient d'un âge aussi tendre et qu'ils avaient aussi peu d'expérience du monde qu'en avait leur favori, elle répliqua qu'elles ne se serviraient de ce jeune homme qu'autant qu'il les aurait rendues libres ; qu'elles trouveraient le secret de le dépouiller de ce qu'il aurait ; qu'elles subsisteraient quelques années de son argent, et que dans la suite elles trouveraient assez où se placer en quelque cœur pour y vivre heureuse.

Cette fille artificieuse, qui avait déjà fait un pareil tour à un jésuite, pouvait bien espérer de tromper une jeune niais, que la seule passion portait aveuglément à faire la plus grande de toutes les folies.

Notre jeune étourdi cependant épie le temps

de faire son coup, fait faire de fausses clefs et donne avis à nos belles du jour qu'elles devaient se tenir prêtes. Il se charge de deux sacs remplis d'or, d'environ huit mille francs, les attend au sortir du temple, un soir, leur fait civilité, et sous prétexte de les ramener au logis, sort avec elles de ville et loue une commodité pour Bâle.

Tout ce qui se passa là de remarquable fut qu'elles se défirent de leur conducteur après lui avoir enlevé son argent ; que la baronne se vêtit en garçon le plus proprement qu'elle put, et qu'elles se mirent toutes deux ensemble sur le Rhin pour descendre à Strasbourg, où elles avaient ouï dire qu'un jeune prince faisait sa maison. Partout où elles logèrent, elles passèrent pour frère et sœur, et en cette qualité occupaient toujours deux lits.

Dès qu'elles eurent connu un peu la ville, elles convinrent de la manière dont elles devaient parler de leur naissance, de leur éducation, de l'occasion de leur fuite et des raisons de leur arrivée à Strasbourg. Elles résolurent de dire qu'étant nées nobles, elles auraient été privées de leur père et mère dans leur bas âge et laissées à la conduite et sous la dépendance d'un tuteur, homme avaricieux, barbare et insupportable, qui les avait traitées avec tant d'inhumanité, qu'elles auraient préféré les fatigues qui les pouvaient attendre au chagrin de se voir si longtemps misérables, et rien davantage.

Comme elles étaient descendues à l'hôtellerie la plus renommée de la ville et en celle où ce jeune prince assemblait son train, il ne se put faire que leur bonne grâce n'attirât ses yeux et qu'il ne s'informât quels pouvaient être des étrangers qui marquaient quelque chose au-dessus du commun.

Elles furent invitées de sa part à souper ; le prince remarqua, dans la douceur de leur conversation et les agréments du dehors, tant de charmes qu'il prit de l'inclination pour elles et s'informa du sujet de leur séjour à Strasbourg.

Elles étaient si bien préparées à lui répondre qu'elles n'hésitèrent point à lui découvrir, comme un secret, l'état où les avait réduites la barbarie de leur tuteur.

Le prince, ainsi instruit, leur offrit des places à la cour et leur demanda si elles voulaient s'engager l'une et l'autre en quelque qualité.

— Ce serait beaucoup d'honneur pour nous, répliqua la baronne, qui se faisait appeler le chevalier de Bragincour, nom que le prince ne doutait point qu'il ne fût supposé, et j'y consentirai de tout mon cœur, pourvu que Votre Altesse ait la bonté de placer ma sœur en lieu que je puisse avoir la satisfaction de la voir tous les jours et à condition qu'on ne nous forcera point de décliner notre véritable nom. Sur quoi le prince leur ayant donné sa parole, il admit le chevalier au nombre de ses pages et destina la sœur prétendue de celui-ci, laquelle portait le nom de Lilie, au service d'une princesse de ses tantes, jusqu'à ce que l'alliance qu'il projetait étant faite, elle passerait au rang des filles de la princesse à venir.

Les princes bien nés faisant toujours plus d'amitié et de faveurs aux étrangers qu'à ceux de leur propre nation, aussitôt qu'il fut de retour en ses Etats, il pria sa tante, qui menait une même cour avec lui, d'agréer Mlle Lilie. Cette princesse la prit auprès d'elle et eut un soin extrême de lui faire apprendre tout ce qui convenait à une si belle jeunesse, pendant que le prince neveu recommanda surtout au maître de ses pages son page favori.

Cet air doux, ce regard tendre et le je ne sais quoi que le déguisement de la baronne n'avait pu effacer de son visage et de ses manières, fit que le jeune prince son maître prit pour ce page une affection tout extraordinaire. Il devint son mignon, le compagnon de toutes ses promenades et l'unique page de son cabinet.

Bragincour, qui avait un peu d'expérience du monde et qui avait appris l'art de feindre, appréhendant que des faveurs si singulières qu'il recevait de son maître ne l'exposassent trop aux yeux des autres et que la jalousie ne brossât quelque chose contre lui, se ménageait le plus qu'il pouvait dans l'esprit de ses camarades, jusqu'à déclamer contre la dureté du service d'un prince qui semblait ne l'avoir engagé que pour lui ravir sa liberté et le clouer dans un cabinet. Cependant il eut beau faire, il ne put les détromper de la pensée dont ils étaient prévenus, qu'il était uniquement aimé.

Ils ne voyaient que trop les égards que leur gouverneur avait pour Bragincour, parce qu'il était chéri du prince.

En effet, quoique ce page favori fût trouvé enveloppé dans les fautes que commet ordinairement cette sorte de jeunesse, il n'éprouvait point les châtiments dont on réprimait le libertinage des autres.

Ce qui les anima davantage contre lui fut que

Bragincour, qui voyait qu'on le faisait auteur de tous les bruits et les petits désordres que cette jeunesse fait la nuit, obtint une chambre en particulier, qui n'était séparée que par un mur de celles des autres, où il avait son lit et son feu.

Il n'y avait point de jour qu'il ne s'assemblassent pour aviser aux moyens de lui tendre un piège, afin de le dégoûter du service. A force de méditer et de conférer ensemble, comme il y en a toujours quelques-uns plus malicieux que les autres, un d'entre eux s'avisa d'un expédient ou d'un tour qui mit la vie du pauvre Bragincour en danger.

La cheminée de la chambre du page favori et celle de ses camarades étant adossées et n'ayant à cinq ou six pieds, pris de la hauteur du manteau, qu'un même tuyau, on pouvait monter, avec le secours d'une petite échelle, et se faire un passage de communication d'une chambre à l'autre. Ils subornèrent, à l'appétit de quelque argent, un petit ramoneur revêtu de tous ses haillons, habillé de toutes ses guenilles et couvert de tous ses masques, à qui ils mirent une baguette à la main pour en frapper le pauvre Bragincour.

Ils avaient accoutumé de se lever à sept heures,

hiver et été, et quelques-uns d'entre eux, curieux de voir ce que faisait Bragincour dans sa chambre, avaient observé, quoique fort confusément par le trou de la serrure, qu'aussitôt qu'il était levé il faisait du feu et se frottait, ce leur semblait, avec une serviette chaude tout nu depuis le haut jusqu'en bas.

Un jour donc qu'ils l'entendirent lever et souffler le feu, ils lièrent le ramoneur avec une corde par-dessous les aisselles, le guindèrent jusqu'à l'embouchure du tuyau de communication, lui mirent la baguette à la main et le laissèrent glisser tout d'un coup dans le foyer du page, qui se frottait tout nu à son ordinaire, qui fut tellement épouvanté à l'aspect d'un si hideux objet qu'il prit pour le diable, qu'il tomba à la renverse, évanoui de peur, sans que le ramoneur, que les pages retirèrent, eût besoin de lui donner aucun coup.

Angélique, Bragincour, dis-je, demeura pâmé en cet état plus d'une heure. Ses camarades s'étant rendus au lieu des premiers exercices, et ce page favori ne s'étant point rencontré avec les autres, leur gouverneur alla lui-même frapper à sa chambre, de peur qu'il ne lui fût survenu quelque indisposition.

Il heurta longtemps en vain, le fit chercher partout, retourna à sa porte, d'où il l'entendit profondément soupirer.

La porte de cette chambre n'étant que de bois de sapin, en deux ou trois coups de pied, il la jeta dedans, s'approcha du page étendu qu'il reconnut, avec le dernier étonnement, être une fille.

Une aventure si étrange le surprit ; il fit ses efforts pour la relever ; mais la voyant opiniâtrée, par l'égarement d'esprit que lui avait causé la peur, à demeurer à terre, il referma la porte le mieux qu'il put, appela un valet de pied qu'il mit en sentinelle au bas de l'escalier, avec défense de laisser monter qui que ce fût.

Il courut ensuite droit vers le prince son maître qui se leva en robe de chambre, à qui il conta confusément ce qu'il avait vu.

Ils montèrent ensemble chez le page qui n'avait changé que de situation, s'étant couché sur le ventre.

Le prince, attendri de la vue d'un si triste spectacle, et encore incertain de la vérité de son sexe, prêta la main au gouverneur pour l'aider à porter son page sur le lit.

Ce fut lorsqu'il fut étendu qu'il se rendit

convaincu des choses et que ses yeux virent un objet fort aimable.

Jamais médecin ne fit plus pour le soulagement d'un malade que ce prince, qui était devenu celui d'Angélique, fit pour ce page. Il le mit dans le lit, se fit apporter des restaurants qu'il lui servit lui-même, afin de lui faire reprendre ses esprits et le tirer de son égarement. Enfin, l'on peut dire qu'il n'omit rien de tout ce qui pouvait rendre à son favori son assiette ordinaire.

Il ne travailla pas en vain. Bragincour revint en peu d'heures de ses rèveries, et son visage devint aussi serein et vermeil qu'auparavant.

Le prince, ayant recommandé le secret de la découverte au gouverneur de ses pages, à qui il ordonna de traiter celui-ci toujours à l'ordinaire, fit rhabiller Bragincour et lui commanda de le suivre jusqu'à sa chambre, où, s'étant enfermé avec lui, il le porta doucement à lui déclarer ce qui l'avait obligé à déguiser son sexe et à taire sa naissance.

Quant à sa naissance, cette fille adroite demeura, dans les mêmes termes, à la réserve de ce qu'elle se dit sœur aînée de Mlle Lilie, et que son nom était Sara. Sur les raisons qui l'avaient portée à cacher son sexe, elle lui dit qu'elle avait cru en devoir user de la sorte dans le dessein qu'elle avait de chercher fortune avec sa sœur dans des cours étrangères, deux jeunes filles en voyage étant toujours en danger, et un homme, ou cru tel, obviant aux insultes qui pourraient être faites par des impertinents et des malintentionnés.

L'ingénuité et l'innocence semblant parler par la bouche de cette fille, le prince ajouta foi à tout ce qu'elle lui dit. L'amour s'emparant alors de son cœur, il l'assura qu'il aurait un soin extrême d'elle ; qu'elle devait dissimuler et se contrefaire encore quelque temps, afin que ses affaires n'éclatassent point à la cour, et que dans peu il la mettrait en état de paraître ailleurs ce qu'elle était.

Le mauvais tour que les pages avaient joué à Bragincour demeura enseveli par politique.

Le ramoneur fut reconnu par le page favori, demandant l'aumône à la porte de la cuisine. Il fut interrogé et menacé tant qu'il confessa le fait, et s'offrit de montrer les auteurs de la pièce si l'on lui voulait faire venir les pages devant lui.

Le prince ne jugea pas à propos de faire châtier ces malicieux, se réservant néanmoins de leur faire donner une rigoureuse salle.

L'accident qui était arrivé à Bragincour dans sa chambre lui avait tellement altéré l'esprit, qu'il n'y entra point sans se sentir surpris de mortelles frayeurs. Il déclara son faible à son gouverneur, qui en donna avis au prince, par l'ordre de qui il fut placé ailleurs.

Le prince lui ayant fait assigner une chambre à l'extrémité d'une galerie où il pouvait entrer d'un côté sans être vu de ses gardes, il lui rendait soir et matin visite jusqu'à ce qu'enfin, après quelques résistances qui lui plurent et qui le rendirent tout à fait amoureux, notre belle travestie lui accorda tout ce qu'il voulut.

Ces plaisirs secrets et comme dérobés engagèrent si puissamment le prince et l'attachèrent si fort à son page qu'il passait la moitié des nuits auprès de lui.

Le bruit des considérations et du tendre qu'il avait pour Bragincour se répandant à la cour, un jour qu'il alla voir sa sœur prétendue en l'appartement de la princesse, cette fille lui en parla, et sur ce qu'elle lui dit qu'elle appréhendait fort qu'elle n'eût déclaré la vérité des choses, celle-ci lui conta tout ce qui s'était passé.

Sur quoi elle lui conseilla de se ménager si sagement, qu'elle ne donnât aucun soupçon, parce que le prince, quelque âge qu'il eût, n'était pas tant à l'épreuve des remontrances de sa tante, qu'elle ne le portât à se défaire d'une inclination capable de préjudicier à l'alliance d'une princesse que toute l'Allemagne lui destinait.

Elle avait raison de lui donner cet avis ; car peu de jours après, le prince allant rendre une visite sérieuse à sa tante, elle lui demanda la liberté de lui remontrer qu'on se divertissait à la cour des assiduités qu'il rendait à un de ses pages et de la familiarité qu'il avait avec lui ; qu'on faisait de son commerce au-dessous de son rang des railleries, jusque-là que quelques audacieux avaient dit qu'ils s'étonnaient fort de ce qu'il n'entreprenaient point quelque voyage en Italie ; raillerie qu'on lui avait dit être la plus sanglante qui se pût faire au monde.

Ces remontrances mortifiantes, et faites à un prince qui portait impatiemment de se voir repris, le rendirent encore plus l'esclave des charmes de son page. Il ne pouvait être un moment séparé de lui et n'était jamais en belle humeur qu'après l'avoir eu enfermé avec lui des heures entières.

Sa tante, qui était une princesse judicieuse et d'un grand esprit, voyant toutes ces menées, et ne pouvant concevoir ce qu'il pouvait y avoir en ce page qui régnât si absolument sur les inclinations du prince son neveu, elle crut que, pour le repos de la cour, il fallait travailler à rompre son commerce. Elle conféra pour cet effet avec un conseiller, homme fort discret et fort sage, et le pria de porter ce page à consentir de quitter la cour.

Elle le conjura d'employer toutes les voies que la prudence lui suggérait, jusqu'aux menaces même si les bons avis n'avaient pas la force de le faire résoudre à prendre ce parti.

Ce prudent personnage lui promit de faire de son mieux ; mais il lui était si difficile de trouver l'occasion favorable d'entretenir le page, avec qui il n'était point familier, qu'il fallait même qu'il se rendit plus qu'à l'ordinaire assidu auprès du prince pour trouver moyen de parler à Bragincour.

Un jour que le prince était à la chasse, le page se chauffant dans l'antichambre, et notre conseiller s'y étant rencontré, ils s'entretinrent quelques heures ensemble, d'abord indifféremment et ensuite avec une familiarité qui disposa Bragincour à entendre quelques mots énigmatiques que lui lâcha le conseiller.

Comme il était assez déniaisé et spirituel et que, d'ailleurs, il s'imaginait que cet homme, qui avait l'oreille et le cœur du prince, pouvait savoir quelque chose de ses affaires, il lui demanda avec tant d'instance l'explication des discours confus et obscurs qu'il lui venait de tenir que celui-ci, lui ayant demandé le secret, lui déclara qu'on brassait contre lui quelque chose de funeste à la cour, et dont le prince ne le pouvait garantir, quelque tendre inclination qu'il eût pour lui ; ajouta qu'il lui serait avantageux de profiter des gratifications de son maître ; lui conseilla de prendre de lui de puissantes recommandations, et d'aller dans une autre cour penser à son établissement.

Le page, l'ayant remercié d'un si bon avis, lui promit d'en profiter et entra à la suite du prince, qui était de retour et qui semblait être jaloux d'avoir rencontré ce conseiller avec son page-amante. Lorque tout le monde se fut retiré, le prince, étant resté seul avec Bragincour, s'enquit de lui quelle avait pu être la matière de ses entretiens avec le conseiller.

Sur quoi celui-là, paraissant comme interdit,

il se douta de quelque chose, ce qui fit qu'il le pressa de lui en faire le récit. Les larmes de cette belle travestie devancèrent son narré, et ce fut après les avoir essuyées qu'elle lui révéla tout ce qui s'était passé entre le conseiller et elle.

Elle lui dit qu'elle voyait bien que la jalousie s'opposait à son bonheur ; qu'il lui était dangereux de demeurer à la cour et qu'elle le priait de consentir à la plus cruelle séparation de sa part que se pût voir au monde.

Le prince écouta avec une patience fort inquiète cette histoire. Elle le saisit, en sorte qu'agité de deux mouvements différents, de colère et d'amour, il se jeta au cou du page, lui jura qu'il n'avait rien à craindre à la cour et qu'il saurait découvrir quels étaient ceux qui voulaient traverser ainsi ses plus doux plaisirs. Il crut bien que tout ceci était un effet des artifices de sa tante. Il rompit dans son cœur avec elle, et s'il continuait de lui rendre des visites, c'était purement par manière d'acquit.

Notre baronne travestie avait encore en ce temps-là plus de douze mille livres en joyaux et bijoux sur elle.

Le prince, qui n'en savait rien, lui fit présent

d'une bague, d'une montre et de son portrait enrichi de diamants de grand prix, avec défense de les montrer.

Lorsqu'elle se vit riche de ces choses, la crainte où elle était sans cesse que la prophétie du conseiller n'eût son effet fit qu'elle se déclara à un valet de pied, capable de faciliter les moyens de sa fuite, qui, sous l'espoir de cent louis, prêta son consentement à tout ce qu'elle voulut. Ils choisirent donc le temps que le prince était allé prendre le divertissement de la chasse, deux jours de suite, pour effectuer leur dessein. Le page et le valet de pied quittèrent donc la livrée et sortirent de la ville à la faveur des ténèbres, sur des chevaux qui les conduisirent à Heidelberg.

Ce fut en cette ville que notre artificieuse se déroba, elle et les cent louis qu'elle avait promis au misérable valet de pied. Il la chercha, à la vérité, plus de trois jours, mais inutilement, quoiqu'une fois il fût venu dans la rue à sa rencontre, parce qu'elle avait repris un habit convenable à son sexe, qui la déguisait aux yeux de cette dupe.

Elle passa en cette ville aux armes de l'empire près d'un mois qu'elle employa à voir, en compagnie de la fille de la maison, tout ce qui était digne de la curiosité d'un étranger.

Cependant la fuite du page et du valet de pied, qui avait causé un mortel déplaisir au prince, ayant fait beaucoup de bruit à la cour, où le mystère du déguisement de la baronne, qui passe encore aujourd'hui pour sœur de Mlle Lilic, avait été révélé, et ayant été proposé une somme considérable à ceux qui en pourraient découvrir la route, plusieurs personnes se mirent en campagne.

Le valet de pied fut arrêté, conduit et mis aux fers, alors qu'un gentilhomme, de ceux qu'on appelle prétendants à la cour, ayant poussé jusqu'à Heidelberg, capitale de l'électeur palatin, y rencontra et reconnut, quoique habillé en fille, le page favori.

Il est vrai qu'étant hors les terres de son prince, il n'avait aucun droit sur elle ; mais il la sut si bien ménager qu'elle n'eut point de répugnance à manger avec lui.

Elle ne manqua pas de s'informer des dispositions du prince à son égard et s'il n'était pas vrai qu'il ne venait exprès là que pour apprendre de ses nouvelles. Il la satisfit là-dessus, lui fit un portrait de l'inclination de son maître, dont il lui exagéra la tendresse et tâcha de l'engager de sa part au retour ; mais voyant qu'il ne pouvait l'y résoudre, il fit dessein de se retirer à la cour.

Ce gentilhomme, extrêmement bien fait de sa personne, parlait de prendre congé d'elle, impatient d'aller faire part au prince de sa découverte, quand Angélique, qui avait repris sa qualité de baronne et qui avait beaucoup de penchant pour ce cavalier, eut l'assurance de lui dire, comme par manière de galanterie :

— Mais, monsieur, pourquoi vous employer avec tant d'ardeur et de zèle pour un prince à qui vous n'êtes pas encore obligé : que ne parlez-vous pour vous-même ?

A cette ouverture de cœur et de semblables avances, soit qu'il crût que cette fille spirituelle voulut se divertir ou qu'elle parlât tout de bon, il repartit qu'il ne s'estimait pas digne de posséder une personne qui avait tant de mérite et que, s'il osait prétendre à cet avantage, il lui déclarerait l'effet que ses charmes faisaient sur son cœur.

— Vous devez l'oser, répliqua-t-elle, et je vous jure que je n'ai jamais eu de tendre et d'inclination véritable pour personne que pour vous.

Ces paroles, qu'elle insinuait plus des yeux qu'elle ne les proférait de la bouche, engagèrent si puissamment le cœur du cavalier, qu'il ne pensa plus au retour. Il avoua ingénument à cette belle l'état de sa bourse, qui était fort infime, et lui fit des protestations d'une éternelle fidélité.

La baronne, lasse d'être ainsi vagabonde, de mener une vie licencieuse, crut qu'elle devait fixer ses inclinations. Elle déclara donc à ce gentilhomme que la somme qu'elle portait, tant en or qu'en pierreries, était assez considérable et capable de leur aider à chercher la fortune. Ils ne marchandèrent point longtemps et ne perdirent point d'heures en des propos inutiles ; ils se donnèrent dès ce moment la main et la foi, et, prévenant le temps des épousailles, délogèrent dès le même soir pour aller loger en un endroit où ils passèrent pour mari et femme.

Jamais nouveaux accordés n'avaient goûté de plus douce nuit que celle que ces amants passèrent ensemble. Ils folâtrèrent toute la matinée et se levèrent très contents l'un de l'autre.

Mais comme le calme présage la tempête et

que les plus grandes douceurs sont toujours mêlées d'amertume, notre heureux cavalier, qui était sorti pour aller faire quelque emplette, ne fut pas plutôt au détour de la rue qu'il se heurta par mégarde contre une espèce de bretteur qui le chargea d'injures.

N'étant pas de tempéramment à tout souffrir et la prudence lui dictant de répondre, il crut que cet affront lui étant fait en public il devait répliquer à l'insulte. Il brusqua à son tour ce malhonnête homme. Ils en vinrent aux mains et le destin des armes voulut que cet infortuné gentilhomme reçût un coup d'épée qui lui ravit la vie. L'auteur de sa mort eut le temps de se sauver et le bruit de l'accident s'étant répandu incontinent entre la foule qui courut autour du mort, la servante de l'hôtellerie le reconnut pour être le mari de la jeune dame qui était logée chez son maître et vola en donner avis à la baronne.

Cette belle veuve par anticipation, au récit de cette funeste aventure, tomba en une faiblesse dont elle eut toutes les peines du monde à revenir. Quelque véhémente que fût sa douleur, elle ne courut point voir ce tragique spectacle. On l'entendait seulement dire :

— O Dieu ! serai-je toujours en butte à un fatal destin ?

Ce qu'ayant dit, levant les yeux au ciel, elle mit ordre à ce que le corps du défunt fût apporté au logis.

Il n'y a personne qui ne s'imaginât voir éclater cette jeune femme en sanglots à la vue d'un objet si pitoyable. La curiosité de voir de quoi serait capable son désespoir avait attiré à la suite du corps grand concours de monde qui entra jusque dans la salle où il fut posé. Mais cette veuve prétendue, se levant au-dessus d'elle-même, loin de produire ces mouvements ordinaires à la faiblesse de son sexe, se contenta d'essuyer les plaies avec une égalité d'âme qui surprit tout le monde.

Comme dans une si facheuse rencontre il n'était plus question que de porter à la sépulture un corps qui ne demandait que la terre, elle fit préparer tout ce qui devait convenir aux funérailles d'une personne de qualité. Elle n'épargna rien de tout ce qui les put rendre pompeuses et sacrifia pour cet effet la valeur de mille francs.

Les cérémonies funèbres achevées, elle ne crut pas devoir demeurer plus longtemps dans une ville qui lui retraçait tous les jours le triste objet du désastre de son amant. Elle en sortit dès le lendemain, pour Francfort, d'où, passant à Mayence, elle fit la rencontre du jeune homme de Genève qu'elle avait si vilainement trompé.

Quoiqu'elle tâchât d'éviter son abord en retournant sur ses pas d'aussi loin qu'elle l'aperçut, il l'avait reconnue et la suivit avec tant de diligence et d'adresse qu'il remarqua le logis où elle entra. Ce fut pour s'assurer davantage de la vérité des choses qu'il fit sentinelle, cinq ou six heures, assez près de son hôtellerie, jusqu'à ce qu'il eut le loisir de la saluer dès le moment qu'elle en voulut sortir.

Il me serait difficile d'exprimer la grandeur de sa surprise à la rencontre de cette dupe, puisqu'elle n'a pu elle-même me le peindre.

Pour raisons justificatives de sa trahison, elle allégua l'infidélité de sa compagne et l'opinion où elles avaient été qu'il ne les suivait que pour jouir d'elles, et, dans la suite, les laisser dans le malheur.

Les raisons les moins spécieuses sont des vérités dans la bouche d'une personne aimée. Ce jeune homme devint plus que jamais fou de la baronne, qui fit la pauvre devant lui, et lui promit de la secourir de cent pistoles, qu'il devait, disait-il, toucher à Cologne. Ils en prirent donc ensemble la route par Coblentz, mais ils y furent à peine arrivés que cette fille médita les moyens de s'enfuir.

La crainte qu'elle avait de ce jeune homme, dans un pays étranger où elle n'avait aucune habitude, fit qu'après quelque légère résistance, elle prit avec lui un même lit.

Trois jours après leur arrivée, ce jeune homme étant sorti pour aller toucher sa lettre de change, elle prit si bien son temps qu'elle délogea à petit bruit pour aller prendre chambre ailleurs.

Elle séjourna à Cologne près d'un mois, sans sortir de la maison, pendant lequel notre dupe courut la ville et les champs, sans en pouvoir entendre aucune nouvelle. Elle en partit donc enfin pour aller à la cour du prince de Parme, vit en passant les villes de Rhymberg, Wesel, Nimègue, Bois-le-Duc, Breda et Anvers, et arriva enfin à Bruxelles, où elle fit dessein de passer l'hiver.

Ce fut en cette ville qu'elle déploya tout ce qu'elle avait de plus précieux. Elle se défit de tous ses joyaux, à la réserve de ce qu'elle avait reçu des gratifications de la cour dont elle avait fui, qui consistait en une bague, une montre et un portrait enrichi de diamants.

Elle fit donc une somme de près de douze mille francs, et se fit habiller, de sorte qu'elle paraissait une des plus propres et des plus coquettes de la cour, se contentant d'un seul laquais et d'une fille de chambre.

Pendant tout l'hiver qu'elle passa à Bruxelles, il ne se fit point d'assemblées ni de parties de divertissement à la cour dont elle ne fût.

Une personne inconnue, extrêmement jeune et belle, qui faisait une figure si propre, s'attira les yeux de tout le monde.

On devint curieux de savoir qui elle était ; mais personne ne le put apprendre, tant elle avait d'adresse à déguiser ses sentiments. Sa galanterie et sa belle humeur, pour première conquête, lui acquirent l'estime et le cœur d'un prince, dont elle m'a recommandé de supprimer le nom. Il lui rendit de fréquentes visites ; toute la cour en parla, et le bruit en vint aux oreilles de la princesse, épouse de celui-ci, que la jalousie allait porter à d'étranges extrémités, quand la baronne, avertie, rompit un si dangereux commerce.

L'hôtel de la comtesse de... était le rendezvous général du beau monde, elle y hanta, au grand préjudice de sa bourse, que le jeu lui vida en peu de temps.

Le prince, qu'elle avait charmé, s'apercevant qu'elle ne couchait plus si gros jeu, s'imaginant bien que l'argent lui manquait, crut que lui en offrir serait le véritable moyen de venir à ses fins.

Un jour qu'elle perdait jusqu'au dernier sou et qu'il était assis auprès d'elle, il lui glissa une bourse de quatre cent ducats, avec le secours de laquelle elle recouvra une partie de sa perte.

C'était l'engager d'une bonne manière et comme il n'y a point de cœurs fermés à une clef d'or, la baronne, dès le lendemain, sur un simple billet du prince, consentit à monter en carrosse, pour aller avec lui faire un voyage de trois jours.

Cette équipée fut sue de la princesse qui s'abandonna à des mouvements si prodigieux de jalousie qu'elle jura qu'elle ne donnerait point de bornes à son ressentiment qu'elle ne se fût défaite de celle qui osait souiller sa couche.

La baronne, avertie du danger où elle était et des desseins funestes qu'on brassait contre sa vie, médita sa retraite de la cour, après lecture qu'elle fit du billet que voici, qui fut donné par un inconnu à son valet.

« Si vous êtes de qualité, vous démentez votre naissance par l'infâme commerce dont vous faites gloire. On a étudié toutes vos menées et on a découvert vos sales pratiques. La maison forte, où vous devez savoir que les filles de votre étoffe expient leur libertinage, vous attend. Fuyez si vous êtes sage. Dans trois jours il sera trop tard de partir. Consultez vos intérêts et prenez ce charitable avis de la part de la personne du monde qui vous hait le plus et qui irait sans doute vous insulter dans les fers que vous méritez. »

Cette belle, ainsi traversée dans ses plaisirs au momeut où la fortune semblait la regarder d'un meilleur œil, fut bien mortifiée à la lecture de ce billet.

Cet avis, qui ne partait que d'une personne jalouse, et qu'elle présumait être la princesse épouse de son amant, lui parut extrêmement salutaire ; elle ne remit pas son départ au lendemain ; mais, ayant permis à son valet et à sa fille de chambre d'aller promener hors la ville, elle satisfit son hôte et fit porter son coffre au bateau d'Anvers, où elle prit place auprès d'un marchand, dont l'extérieur démentait la profession.

Cet homme, âgé d'environ trente ans, sachant parfaitement son monde et étant d'ailleurs d'une très galante humeur, remarqua dans la baronne un air si aisé et des manières si agréables dans leur liberté qu'il ne put s'imaginer autre chose, la voyant sans suite, que ce ne fût quelque fille de joie de la haute volée. Il l'entretint quelque temps sérieusement et, la conversation se familiarisant à mesure que la nuit avançait, ils poussèrent les choses si loin que le marchand lui déclara qu'il avait une inclination à Anvers pour l'entretien de laquelle il faisait des dépenses excessives ; que cette fille, âgée de dix-neuf ans, était proche de ses couches et qu'aussitôt qu'elle serait délivrée, il s'en séparerait après lui avoir donné quelque chose d'honnête ; sur quoi la baronne lui avoua qu'elle cherchait fortune, ce qui fut assez dire.

Le marchand lui mit au doigt une bague d'un seul diamant, de la valeur de six cents livres, comme un gage de son amour, et lui fit des propositions si avantageuses, en cas qu'elle voulût agréer sa compagnie et répondre à ses feux, qu'elle consentit à ce qu'il voulut et ne prit point d'autre chambre à Anvers que celle qu'il lui assigna.

Leur amoureux commerce dura quelque temps sans que l'ancienne maîtresse du marchand reçut des visites de lui. Elle se douta qu'il avait changé d'inclination, et l'ayant fait épier, découvrit où il se rendait tous les jours sur la brune. Elle l'y suivit une fois de si près, qu'elle entra jusque dans la chambre, immédiatement après lui.

Ce qui la confirma dans l'opinion qu'elle avait une rivale, ce fut de voir que son serviteur, dès l'abord, se jeta au cou de sa concurrente et la tint embrassée longtemps.

Il s'en fut à peine séparé que cette fille, indignée et transportée de fureur, donna un soufflet de toute sa force à la baronne, que l'étonnement de l'action rendit interdite, aussi bien que le marchand, qui eut besoin de toute sa force d'esprit pour apaiser le différend.

Il fit accroire à celle-ci que la baronne était la sœur d'un de ses bons amis, qui lui avait été recommandée, qui attendait un billet de change et qui devait bientôt passer en France.

Quoique cette fille n'ajoutât point de foi à ces défenses, elle se calma néanmoins et fut ramenée chez elle par son serviteur. Le marchand, de retour, demanda mille pardons à la baronne, la fit changer de logis, lui donna de l'argent, et n'alla plus si souvent la voir qu'auparavant, pour les égards qu'il devait à ses premières amitiés.

Cette nonchalance refroidit un peu la baronne. Il lui semblait qu'elle recevait de cet amant peu de chose pour subsister et s'entretenir, et c'est ce qui la fit résoudre à partager ses faveurs.

Elle contracta connaissance avec la plus qualifiée appareilleuse de la ville ; et il y avait peu de soirées qui ne lui valussent deux louis.

Notre marchand n'ignora pas longtemps son petit commerce. Il voulut se rendre certain des choses par lui-même, et ce fut pour découvrir la vérité des choses qu'ayant été dans la maison de plaisir qu'elle fréquentait, faire trois ou quatre fois consécutives de la dépense, il conjura la maîtresse de lui procurer la compagnie de quelque belle Française, si elle en connaissait quelqu'une.

L'appareilleuse, qui ne se doutait rien moins de ce qui arriva, promit de lui ménager la satisfaction qu'il demandait le lendemain, et alla préparer la baronne à venir gagner quelque chose.

Il est vrai que celle-ci ne paraissait point en compagnie qu'elle ne se fût informée auparavant de la qualité et de la figure de ceux qui devaient avoir affaire à elle, pour ne pas tomber dans le piège.

Mais le portrait qui lui avait été fait de la personne qui la désirait étant celui d'une personne de la plus haute qualité, et l'opinion où elle était que son marchand, content de deux, ne hantait point de semblables lieux, fit qu'elle s'ajusta de tout ce qu'elle avait de plus précieux pour se rendre au logis où elle était attendue.

Elle fut donc introduite dans une chambre où une superbe collation était préparée, et tressaillait déjà de joie dans l'espoir des plaisirs qu'elle allait goûter, alors qu'elle vit entrer dans la chambre son galant, qui la voulut embrasser sans faire semblant de la reconnaître.

A ce surprenant spectacle, elle se retira deux pas en arrière et pensa tomber à la renverse.

La surprise de l'une et de l'autre étant égale, ils demeurèrent interdits quelque temps.

Le marchand ouvrait la bouche pour déclamer, sans doute, contre l'infidélité de sa maîtresse, quand, ne lui donnant pas le temps de parler, elle lui dit, faisant un grand soupir :

— Sont-ce là, monsieur les protestations que vous m'avez faites ? Oh ! qu'il fait beau se fier aux hommes ! Quoi ! deux ne suffisent pas ! Quelque serment qu'on m'eût fait, que l'on ne vous voyait bouger d'ici, j'avais de si bons sentiments de vous que je ne vous croyais pas capable d'une si blâmable inconstance. Je suis convaincue que vous êtes le plus perfide des amants.

Notre marchand, étonné du tour d'esprit de sa maîtresse, incertain cependant de la vérité des choses, et ne sachant à quelle sauce manger ce poisson, s'excusa sur ce qu'il croyait être dans une maison honnête, où un de ses amis le voulait régaler d'une collation. Il contrefit l'indigné, serra la main de l'hôtesse et sortit avec sa maîtresse, qu'il conduisit chez elle.

Notre baronne n'était pas si peu éclairée qu'elle ne jugeât bien qu'il y aurait du refroidissement de la part de son amant. Elle redoubla ses caresses, fit tout ce qu'une fille adroite et rompue dans le métier peut faire, en tira autant d'argent qu'elle put, satisfit son hôtesse, et délogea un beau matin sans trompette, dans le dessein de venir en Hollande passer quelque temps. Elle monta pour cet effet dans un bateau pour Rotterdam, où elle fit plus de vœux qu'il ne s'en fait en dix ans à Notre-Dame de Lorette.

Jamais elle ne fut si bonne chrétienne qu'elle le devint aux environs de Willemstat, où le bâtiment fut battu si rudement des coups d'une tempête subite qu'il fut plus de deux heures sur le côté et qu'il éprouva enfin le mauvais traitement de deux ouragans, qui le renversèrent sens dessus dessous, quoiqu'il se remit aussitôt, comme par miracle, sur sa quille, ne laissant aux passager que de l'eau et la peur.

Le bateau étant arrivé enfin, par la clémence des vents, à bon port, Angélique débarqua à Rotterdam et alla loger chez un certain cuisinier français, nommé la Fleur, au Cerf, vis-à-vis les barques anglaises, où elle trouva un aussi bon traiteur qu'une laide hôtesse.

Quoiqu'elle ne séjourna là que trois ou quatre jours, sa propreté et sa bonne grâce attirèrent les yeux de l'hôte, sa femme en devint si jalouse qu'elle la pria, à l'insu de son mari, de prendre maison ailleurs ; ce qu'ayant rapporté à la Fleur, il alla trouver sa digne femme et la frotta d'importance jusqu'à lui casser la mâchoire.

De Rotterdam, Angélique entra dans le bateau de Delft, dans le dessein d'aller à La Haye.

A la descente du bateau de La Haye, elle fit rencontre d'une de ces femmes commodes, dont les maisons sont ouvertes à toutes les belles du métier. Elles firent à l'ordinaire connaissance d'abord, en sorte que celle-ci alla prendre sans scrupule logis chez elle, afin que le destin lui fit naître une occasion favorable à ses intérêts.

Un joaillier juif hantait cette maison ; cet homme, qui était marié à Amsterdam, y faisait une dépense qui marquait assez son opulence.

L'hôte du logis communiqua le dessein qu'il avait de faire surprendre en sa compagnie, par le schout, le juif, afin d'en tirer de l'argent.

Angélique consentit à tout, promit de bien jouer son personnage, et alla avertir le prévôt de la chose.

La collation fut préparée ; il fut bu jusqu'à la belle humeur. Pendant le tintamarre des fôlatreries amoureuses, le schout fut introduit avec deux de ses archers dans la maison. Le juif jeta Angélique sur le lit, et au moment qu'il allait faire le badinage et monter à l'assaut, l'officier entra, qui les prit sur le fait, et fit manquer au juif son coup, dont le pauvre etc..., pleura de déplaisir.

Quoiqu'il ne pût s'en dédire, il fut contesté longtemps. Il y eut des coups rués, donnés et reçus, et la fin de la ballade fut que le juif donna la valeur de mille écus en joyaux, pour éviter un plus rude traitement.

Le gateau fut partagé, et Angélique appelée par une appareilleuse de Rotterdam au dévalisement d'un *quidam* qui méritait qu'on lui jouât le tour.

Certain sellier, ouvrier très habile, nouvellement arrivé de France, étant logé chez la Dubois, qui tenait une de ces hôtelleries libres, l'ayant conjurée de lui faire épouser une belle putain qui voudrait renoncer à son premier commerce, elle lui suggéra celle-ci, la fit venir auprès de lui : il fut charmé de sa bonne grâce, et prit des avances avec elle. Angélique lui tira par adresse pour quatre cents livres de bagues et cent cinquante ducatons d'argent liquide, qui étaient tout son bien ; feignit qu'elle avait à Amsterdam feu et lieu, l'y conduisit avec elle, alla loger avec lui chez la fameuse Mme la Touche, derrière la vieille église, qu'elle prévit de la pensée que cette dupe amoureuse avait beaucoup d'argent à dépenser ; se fit traiter là huit jours de suite à bouche que veux-tu, et l'y laissa planté, pour revenir, chargé de toutes les dépenses qui avaient été faites.

Après un si bel exploit, Angélique, de retour à La Haye, à qui son mauvais destin avait accordé trop de trêve, alla se loger pour son malheur dans une chambre chez une marchande de toile qui se mêlait aussi de l'autre négoce.

Le jésuite que cette pauvre fille avait si vilainement dupé, qui faisait depuis quelques mois le maître en langue française à la cour, y hantait.

L'hôtesse qu'il favorisait et à qui il procurait des chalands, pour l'un et l'autre trafic, lui fit fête de la beauté de celle qui occupait sa chambre. Il fut curieux de la voir pour lui faire offre de ses services, et reconnut avec le dernier étonnement dans elle celle qui l'avait rendu malheureux.

L'on peut juger de sa surprise.

Si le jésuite demeura interdit à son abord, Angélique tomba en une faiblesse dont on eut toutes les peines du monde à la faire revenir. Quelque matière d'emportement et de fureur qu'eût le jésuite contre cette fille, son ancienne prudence lui suggéra une égalité forcée. Il lui dit les plus douces paroles du monde, et s'insinua adroitement si fort dans son esprit que cette fille, que j'appelle innocente par rapport aux artifice d'un jésuite, ajouta foi aux protestations qu'il lui fit d'oublier le passé, pourvu qu'elle voulût jurer de lui être fidèle à l'avenir. Ils ne se quittèrent point ce jour-là.

Notre jésuite, qui se faisait appeler le sieur Gallois, et qui avait assez bonne réputation, lui représenta que, pouvant gagner honnêtement la vie d'elle et de lui, elle devait se comporter sagement. Son conseil lui plut ; elle consentit à aller prendre chambre avec lui, en qualité de sa femme nouvellement arrivée de France.

Ils vécurent l'espace de trois semaines en fort bonne intelligence, l'artificieux jésuite ayant pour elle toutes les déférences imaginables.

Mais que ne méditait pas ce descendant naturel de Judas ?

Que ne brassait-il point contre la pauvre Angélique ?

Toutes les trahisons dont est capable la perfidie d'un jésuite insulté.

Voici le fait.

Il étudia quelque temps les inclinations d'Angélique, lui fournit tous les divertissements qu'il put imaginer, jusqu'à ce qu'un jour elle lui avoua, dans le vin, qu'elle avait encore dans une poche secrète pour plus de dix mille livres de bijoux. Leur familiarité augmentant de jour en jour, Angélique ne voulant point se dessaisir de son trésor, et notre jésuite ne l'en voulant pas dépouiller par force ni par adresse dans un lieu où cela ferait trop d'éclat, lui proposa d'aller se promener à Scheveling, pour avoir la commodité de s'y divertir avec plus de liberté.

Angélique, qui ne pressentait point que quelques heures de bon temps lui coûteraient bien des jours de chagrin et de larmes, accepta la partie.

Ils s'y rendirent donc, s'y postèrent dans un bon cabaret, où ils passèrent la nuit jusqu'au lendemain matin, que le temps et la mer calmes semblaient les inviter à la promenade. Ils déjeunèrent dans les formes, jusqu'à ce que, le vin leur montant à la tête, ils jugèrent à propos d'en aller dissiper les fumées sur le rivage, où ils se promenèrent jusqu'à ce qu'ils ne purent plus être aperçus de personne.

Notre jésuite, se voyant en ce lieu maître d'Angélique, éprouva de la main l'eau de la mer, la trouva si chaude qu'il suggéra à notre belle innocente que le bain leur serait délicieux et salutaire. Elle rejeta d'abord la proposition de le prendre ; mais il l'en sollicita si doucement qu'elle se dépouilla de compagnie à six pas de lui.

Il était tout nu et avait déjà folâtré dans l'eau, alors que voyant Angélique y entrer avec sa chemise, il la lui leva et la lui ôta avec une si douce violence, et si agréable, qu'on l'eût prise alors pour notre première mère au moment de la création.

Elle entra dans l'eau ; ce fut de se laver, de se fouetter, de se baisotter, et de faire cent petits jeux, et de s'asseoir pour se faire carresser du flot.

Notre jésuite lui conseille de prendre le bain autant de temps qu'elle le pourrait souffrir, sort de l'eau, se rhabille, l'empêche, en folâtrant, d'en sortir, jusqu'à ce qu'étant tout à fait vêtu, il embrassa toutes les hardes d'Angélique, avec lesquelles il se sauva au travers des dunes, sans qu'on ait pu depuis ce temps-là apprendre de ses nouvelles, laissant donc cette *belle sans chemise*, qui courut inutilement après lui.

FIN

TABLE DES MATIÈRES

LE CANAPÉ COULEUR DE FEU

Pages

INTRODUCTION. I

CHAPITRE I. — De la vergogne du Procureur et le changement merveilleux du Canapé. 1

— II. — Du pays de l'inconnu et de ce qui occasionna sa métamorphose 5

— III. — Arrivée de Commode au palais de Crapaudine, et comme il y fut accueilli par les autres femmes de sa Cour. 10

CHAP. IV. — Les nouveaux amants pris en flagrant délit : la disgrâce de Printanière et la métamorphose de Commode en canapé, pour avoir fait à la princesse un affront que le sexe ne pardonne pas.. 15

— V. — Une célèbre embaucheuse de filles achète le canapé, un abbé recommandable par ses exploits d'amour en a l'étrenne.. 19

— VI. — Le préambule du saint homme et ce qui s'ensuit.. 23

— VII. — D'un abbé qui se faisait fouetter, pour réveiller en lui la partie brutale.. 27

— VIII. — Quatre moines se trouvent chez la Fillon sans le savoir et y font par occasion ce que l'on fait en si bon lieu 32

— IX. — Des joueurs de convulsions achètent le canapé 39

— X. — Le canapé vendu à une dévote, les peines et les mortifications qu'il essuie à son service.. 43

— XI. — Le canapé entre chez le procureur et y recouvre sa première forme au bout de dix ans.. 48

LA BELLE SANS CHEMISE

Introduction. 55
La Belle sans chemise. 57

Les Imp. J. BRARD, Méru (Oise).

www.ingramcontent.com/pod-product-compliance
Ingram Content Group UK Ltd.
Pitfield, Milton Keynes, MK11 3LW, UK
UKHW031908260826
14628UKWH00003B/1065

9 782329 564449